TRIBULATIONS D'UNE CONCIERGE

NOUVELLE

RAYMONDE VERNEY

Bibliographie

DEMETER OU LES PLEURS DE L'ENFER 2000

Éditions du PANTHEON

GAIA 2002 PUBLIBOOK

CONTES A REBOURS PUBLIBOOK 2004

PASSAGE DES ACACIAS LULU 2011

LES CONTES EXPRESS DE REMY éditeur BOD 2007

LES CONTES DU MAGICIEN REMY éditeur BOD 2016

LES CONTES DE LA FEE BLEUE éditeur BOD 2012

CALLIOPE RECUEIL DE POESIES CLASSIQUES
éditeur BOOKELIS 2015

HISTOIRES DE DEUX PETITS CHATS ALSACIENS

BOD NOVEMBRE 2017

J'ai réalisé également un opus poétique à la demande du cercle des poètes du Sundgau

LES CONTES D'HIVER AMAZONE 2017

© 2019, Verney, Raymonde
Edition : Books on Demand,
12/14 rond-Point des Champs-Elysées, 75008 Paris
Impression : BoD - Books on Demand, Norderstedt, Allemagne
ISBN : 9782322171255
Dépôt légal : octobre 2019

Madame Frelon est une concierge émérite elle gère de main de maître un immeuble, sis sept rue du Rivoli à Mulhouse.Une résidence de quatre étages, dont les propriétaires ou locataires font partie de la petite bourgeoisie mulhousienne (*aux dires de madame Frelon*). Présentation de la dame : un look de quinquagénaire (éternellement jeune à ce qu'elle prétend)Un embonpoint suranné et qui s'allie parfaitement aux robes ultras fleuries, qu'elle s'imagine être, d'une rare élégance, un visage poupin aiguillonné par des yeux dont le dard acéré ne laisse rien passer : elle sait tout, elle voit tout, mais point sotte, ne crée pas de commérages elle désire la paix sociale et être en odeur de sainteté auprès des habitants est synonyme de bons pourboires lors de petits services rendus. Madame Frelon est fort serviable vous l'aurez compris. Monsieur Frelon n'a rien à dire, il obéit à sa femme, ce qui lui procure une tranquillité relative, en la flattant sur sa mine (très maquillée la dame) sont teint pivoine et ses robes fleuries affriolantes, il a le droit de s'adonner à sa passion la pêche, il va pêcher à un étang où le poisson ne manque pas étant donné que la municipalité s'efforce de satisfaire les pêcheurs en approvisionnant l'étang de poissons bienveillants.

Lisette Frelon est friande de romans d'amour, de feuilletons où la passion consume les amoureux.

chaque semaine le facteur lui apporte des revues et de petits livrets enveloppés sans marque extérieure, la poste sait se monter discrète, après tout ce qu'elle lit ne regarde qu'elle, non ! Madame Frelon pratique une activité physique, cela se passe à la maison, mais quelle importance ! Elle fait de la bicyclette d'appartement, son époux lui a installé un vélo, qui, n'attend que le bon vouloir de sa propriétaire. Chaque jour vingt minutes de sport c'est très bien madame la concierge.

Du lundi au dimanche inclus notre bonne concierge se lève à six heures du matin, elle n'est pas de ces fainéantes qui se prélassent au lit, tiens je vous donne un exemple : la poule du troisième mademoiselle Ruffaut, ne se lève pas avant neuf heures du matin !

Madame Frelon en parlait encore tout à l'heure avec son époux tu vois cette feignasse est au chômage et n'est même fichue d'aller au pain !

-Ah bon répond monsieur Frelon, distrait, absorbé dans son journal.

-Tu sais que le professeur du deuxième en pince pour elle et lui apporte tous les jours une baguette farinée svp !

-Ma chérie toutes les femmes ne sont pas aussi travailleuses que toi ! La duègne sourit, ravie de voir ses nombreuses qualités reconnues par sa chère moitié. Chère certes, l'époux dépense pas mal pour ses alcools et ses cigarettes, mais pas de reproches de si bonne heure, la journée donnera lieu à quelque petit éclat on a le temps pour soi se dit la nymphe des toits...

Lisette (*son prénom, joli non*) ! Prépare le casse croûte d'Alphonse qui, travaille à l'usine, il fait les trois huit et s'en accommode fort bien, loin du logis, il retrouve sa personnalité et surtout ses copains...il respire un air plus serein.

-Alphonse il faut penser à sortir les poubelles ce soir

-Oui ma poulette à dans neuf heures

Réjouis-toi je prépare un bœuf bourguignon accompagné de nouilles, servile, le mari salive et se frotte la panse (plutôt rebondie). Avant toute chose madame Frelon se maquille avec soin, il est vrai que son teint de coing bien mûr se prête volontiers à ces séances matinales, un peu de parfum et la voilà qui choisit une horrible robe ornée de bouquets violets, de roses et j'en passe, les chaussures assorties, enfin prête à recueillir les ragots et à surveiller son petit monde.Elle nettoie très scrupuleusement les escaliers en prenant son temps et en écoutant aux portes, lorsque quelqu'un survient dans l'escalier, la donzelle se penche et astique férocement la rampe qui ,avouez le, en a bien besoin. Une porte s'ouvre Le professeur monsieur Tunod lui lance un :

-Bonjour madame Frelon comment vous portez-vous ?

-Ça va je vais bien et vous, vous êtes de bonne heure !

le professeur répond laconique :

-Je vais acheter les baguettes rituelles une pour moi et une pour miss Ruffaut

-Ah bon je ne savais pas dit la concierge mielleuse elle en a de la chance cette demoiselle!

Présentation des locataires et des propriétaires de la rue du Rivoli(a) Rez- de- chaussée, premier étage Les Frelon, madame Feuilly, monsieur Quito 3

Monsieur et madame Frelon habitent au rez-de- chaussée de l'immeuble, en face sur le même palier, loge une veuve sexagénaire madame Feuilly, cette dame est une ancienne commerçante et en a gardé les manières onctueuses, elle ne tutoie personne hors de question, trop de familiarité nuirait à son image, la bienséance et la distance ses deux leitmotivs, elle est très courtoise envers les personnes résidant dans l'habitat ,mais derrière son dos on la surnomme la grande pimbêche ; madame Feuilly a pour amie une ancienne coiffeuse madame Coing aussi prétentieuse qu'elle, son salon ne désemplissait pas …il y a de cela une dizaine d'années elle affiche des coiffures bizarres style années soixante, ce qui fait la joie des locataires(*ou propriétaires*) qui la voient sonner chez madame Feuilly, habillée et coiffée au dernier cri des années soixante, cette coiffeuse à la retraite a un époux qui aime la marche, plusieurs fois par semaine il laisse sa dulcinée et rejoint son club de marcheurs ..Ouf Un peu de calme se dit le monsieur ! Madame Ciong est hystérique quant aux soins du ménage. Mais revenons à madame Feuilly elle se vêt avec goût enfin elle a tout de même vingt ans de retard sur la mode actuelle et ses coiffures ? Vous avez deviné juste ! Son amie lui fait porter des coiffures style NEFERTITI selon certains.

On monte au premier étage à droite jouxtant les escaliers vit un monsieur septuagénaire, monsieur Quito qui aurait des problèmes d'audition, alors sa télévision largue des sons aigus, transperce les murs et le plafond, ce qui ennuie beaucoup les propriétaires du deuxième monsieur et madame Dariant. (*je vous parlerai plus loin de la petite guerre qui oppose les deux parti*s). Donc notre monsieur est sourd quant il le veut bien, il filtre les gens avec qui il communique normalement, je vous rassure il y en a peu, en fait notre bonhomme adore agacer, irriter certains voisins, c'est un provocateur qui, n'élève jamais la voix, un saint homme en somme. Septuagénaire ! Mais pas gâteux, tous les matins il revêt son jogging fluo et effectue une marche de deux heures dans le parc avoisinant l'immeuble rue du Rivoli. Il fait des mots croisés, fléchés, et surtout, il cherche ce qui saurait énerver certains résidents, imagination sans faille. Un peu de Machiavel, l'idée jaillit très vite, vous l'aurez compris, il faut changer les stratégies, oui, mais ce qui compte avant tout, c'est de troubler le repos des voisins qu'il n'aime pas.

Premier et deuxième étage 4
Les époux Lelong, monsieur Tunod ,les époux Dariant(b)

Les époux Lelong logent au premier étage sur le même palier que monsieur Quito, éternels voyageurs ils sont rarement là et passent uniquement les quelques mois d'été dans leur appartement, le reste du temps ils parcourent le monde (*d'après ce qu'ils prétendent*) il se raconte qu'ils seraient propriétaires d'une maison en Vendée où habite leur fille unique et passeraient la majeure partie de leur temps là-bas. Des vantards et des menteurs se dit monsieur Quito qui, ne les aime guère et les salue avec parcimonie. Nous arrivons au deuxième étage à gauche chez monsieur Tunod, professeur de lettres, fringant quinquagénaire, petit, sportif à ses heures, divorcé à la recherche d'une compagne (*Internet et ses rouages*) je vous parlerai un peu plus loin des expériences sentimentales de ce cher professeur, il est certain que mademoiselle Ruffaut ne lui déplaît pas, mais il lui faut bien admettre qu'elle ne se presse guère pour chercher du travail, même à l'ANPE ils ont renoncé depuis longtemps ; tant qu'elle touchera le RSA tout ira bien alors pourquoi se fatiguer inutilement médite la chère enfant…

A droite en face de monsieur Tunod nous avons les époux Dariant des septuagénaires super maniaques, allergiques au moindre bruit, à la poussière, aux microbes. Ils ont un toc se laver les mains dès qu'ils touchent un objet ou chose horrible dès que quelqu'un de bien intentionné leur a serré la main, les habitants de l'immeuble au courant des manies du couple ne se privent pas de les saluer avec effusion et force serrage de mains, alors les malheureux épient les bruits du couloir et sortent en douce, surtout ne croiser personne lorsqu'ils font leurs sacro saintes courses à huit heures tapantes. Monsieur Quito se régale il monte chaque soir le son de sa télévision et le matin la radio fonctionne à plein régime, au grand dam des Dariant qui, téléphonent à leur voisin malentendant :une conversation entre autre :

-Monsieur Dariant ALLO, ALLO (*il crie dans l'appareil puisque son voisin est pratiquement sourd*) baissez svp le son de votre téléviseur, il nous manque juste l'image le reste on l'a.

-Monsieur Quito répond au téléphone

-C'est qui? J'entends si mal répétez svp

-Pas d'images, mais faites venir un technicien et foutez- moi la paix

Le vieil homme est ravi, le plus urgent serait de trouver d'autres combines, afin d'importuner ces chers Dariant, on lui fait confiance qu'en pensez-vous ?

Miss Ruffaut 5 troisième étage

Au troisième étage à droite loge une malade chronique, allergique au travail, elle a trente ans et passe ses journées à lire de gros pavés, cette jeune femme, point sotte est passionnée de biographies. Elle n'a pas trop de moyens, donc la bibliothèque du quartier est la bienvenue. A sa décharge il faut convenir qu'elle cuisine très bien avec des ingrédients peu coûteux. Elle fait son marché en fin de journée, les commerçants la connaissent et la trouvent plutôt sympa, ils lui font des prix d'amis. Elle vit seule et sort d'une rupture pénible, son ex compagnon, imaginez donc ! Voulait la faire travailler ! C'est presque un crime de lèse majesté !Elle n'a pas cédé, son confort avant tout et la retraite … on verra cela en temps voulu. En face à gauche un appartement deux pièces s'est libéré, Sophie ne se préoccupe pas de connaître le futur(e) locataire, par contre les supputations vont bon train quant aux résidents

-Pourvu que… il ne fasse pas de bruit

-Pourvu que…il n'ait pas de gros chien imaginez un pitbull ! Non, c'est interdit rétorque la concierge

-Pourvu que… ce ne soit pas un jeune qui nous mette de la musique de fou …

-Pourvu que …les Dariant en sont perturbés et en discutent chaque jour entre eux, au moins ils se font la conversation.

Au quatrième étage à droite (*nous arrivons à la fin*) loge madame Buiron sexagénaire, professeur des écoles à la retraite, cette charmante personne est revêche, solitaire, occupée à résoudre des mots croisés, ou fléchés elle a un chat qui lui ressemble, aussi peu aimable, sa propriétaire le sort une fois par jour pour aller se promener dans le parc où monsieur Quito fait sa promenade quotidienne, elle le tient en laisse. (le chat pas monsieur Quito) La bestiole a des instincts de prédateur, dès qu'il aperçoit un locataire de la maison Rivoli, il sort ses griffes et écume férocement. Aux dires de madame Feuilly, cette sorcière, (madame Buiron) a dressé son chat contre tous, le chat à un prénom à son image Brutus.Sur le même palier à gauche, habite madame Winch, adorable vieille dame de soixante-cinq ans. Elle ne s'est jamais mariée et fort croyante, fréquente assidûment l'église sainte Marie du quartier, elle aide la paroisse en nettoyant, en offrant des fleurs et s'occupe des kermesses qu'organise monsieur le curé. Une sainte femme aux dires de certains, d'autres prétendent qu'elle serait amoureuse du curé, allez savoir... Madame Buiron déteste cette vieille bigote fagotée à l'antique (*cela ne vous étonne guère je suppose*)

 Au gentil bonjour de sa voisine elle répond par un salut sec et ostentatoire.

Madame Winch englobe chaque soir sa chère voisine dans ses prières. En attendant les choses restent en l'état les deux dames ne s'adressent pas la parole, les rares approches de madame Winch ont été froidement reçues, on abandonne donc. Monsieur le curé, vient régulièrement boire le café chez sa fidèle paroissienne, alors on étudie les Saintes Écritures en parlant à voix basse, madame Winch vénère le saint homme qui, cite les paraboles à tout propos et se rengorge, à juste titre, de son savoir.

En ce jour mémorable madame Frelon reçoit la visite du syndic elle s'habille avec soin. Je ne vous donne pas le détail de la toilette, les fleurs (*de sa robe*) sont en proportion avec l'importance du visiteur, donc aujourd'hui grandes marguerites sur fond vert et souliers assortis, maquillage discret ,car notre concierge a découvert les produits de beauté bio, rien que des plantes, lui a affirmé la vendeuse, si Lisette déchiffrait quelque peu les étiquettes elle se rendrait vite compte de la supercherie .A nonante tapante monsieur Cruz fait une entrée remarquée,le parquet préalablement ciré, miroite des chaussures non équipées, dont la semelle serait glissante, bref ce monsieur s'agrippe de justesse à la commode bienveillante et sauve ainsi sa dignité.

-Bonjour madame Lisette

-Bonjour monsieur Cruz

-Vous prrrendrez bien un petit café ? demande la dame mielleuse

-Avec plaisir, vous êtes trop aimable

-Mais asseyez-vous je vous en prrrie , madame la concierge roule les r elle a vu son actrice préférée le faire dans un de ces feuilletons insipides, elle va rouler les R c'est du dernier chic Lisette en est persuadée.

Monsieur Cruz la regarde par en dessous et cache son envie de rire (on le comprend)

-L'objet de ma visite, madame la concierge est très simple nous avons opté pour le compteur Linky, vous n'êtes pas sans connaître les bienfaits de ce dernier : économie, gain de temps

(*Une parenthèse c'est l'auteur qui parle : j'attends encore de voir les économies*)

Le syndic onctueux continue ses périphrases

-Je vous ai apporté des affiches à placarder dans le hall d'entrée de l'immeuble et à mettre dans chaque boîte- aux-lettres des résidents.

-Certainement monsieur ce serrra fait dites moi c'est pppour quand Ce… Linqui ?

-La semaine prochaine voyez vous-même tout est indiqué sur les documents que je vous ai transmis, ah ! J'allais oublier la réunion annuelle des copropriétaires aura lieu au mois d'avril comme l'année précédente, mais ne vous inquiétez pas tout le monde sera averti en temps et en heure Lisette rremerci...

-Monsieur Cruz, sur le point de s'en aller, se souvient d'une doléance provenant du couple Dariant

- Ces gens se plaignent de monsieur Quito,il serait trop bruyant, la télévision à plein gaz, la radio, oui, je sais, il est malentendant, mais je compte sur vous madame Lisette pour lui faire entendre raison et baisser le son de ses appareils.

 -Oui monsieur je ferrai de mon mieux

 -Au revoir madame

-Au rrrevoir monsieur .

Sortir avec aisance ne pas glisser, monsieur Cruz se concentre, mais la commode bienveillante n'est plus là, sauf que la poignée de porte a pitié de lui et enraye sa chute.

Un conseil cher monsieur prenez des patins à glace la
prochaine fois le parquet en sera honoré.

Notre concierge s'empresse de coller une affiche dans le hall d'entrée rue du Rivoli et d'en pourvoir chaque boîte -aux lettres scrupuleusement; j'en garde une pour moi

Cet événement d'importance n'est pas vraiment le bienvenu certains propriétaires et locataires contestent la pose du compteur Linky, avez-vous une petite idée? Fort juste : monsieur Quito n'ouvrira pas porte à l'intrus, d'ailleurs il a collé sur sa porte une affiche libellée ainsi: (En lettres rouges)

-PAS DE COMPTEUR LINKY ALLEZ-VOUS FAIRE FOUTRE

SIGNE UN ANCIEN SYNDICALISTE CGT

Vous ne le croiriez jamais pourtant c'est la réalité, le couple Dariant a posté une affiche sur leur sacro sainte porte (on désinfectera après l'enlèvement de cette dernière)

Dans un français laborieux genre :

-NOUS PAS AIMER LINKY AU REVOIR LES DARIANT

Les autres ne font pas d'histoires on n'a pas le choix, le gouvernement a choisi ce compteur, acceptons cette décision et puis… ils ont bien d'autres soucis dans la vie. Par exemple mademoiselle Ruffaut vient d'accepter un job si, si vous avez bien lu!

Je vous explique rapidement en quoi il consiste : à présent elle travaille pour un site de rencontres et si elle arrive à faire matcher deux profils genre: salut, comment ça va? Je te kiffe, Sophie touche un léger pourcentage avouez que c'est tentant et... pas trop fatigant. Monsieur Tunod, quand à lui, vient de faire une belle rencontre (*une de plus*) sexy intelligente, lettrée, la quarantaine bien sonnée, la photo de la dame est prometteuse, ah! Quelle beauté! Se dit notre professeur il a hâte de rencontrer Juliette. Revenons à des choses plus terre à terre, madame Frelon est contrariée pourquoi s'opposer à la décision du syndic? Demain elle ira parler à monsieur Quito et aux Dariant. Être persuasive, polie, déterminée, madame la concierge appliquera ce qu'on lui a appris lors d'un stage, un stage réservé uniquement aux concierges l'année passée, à l'université populaire.Tous frais payés, le bus, les repas à la cantine et assurément cet enseignement distillé avec soin n'est pas perdu, car madame Frelon consulte régulièrement ses notes et dès que survient un problème elle trouve derechef la solution dans son calepin. Pour monsieur Quito il faut appliquer la soluce 2: vous vous adressez à une personne très âgée soyez paternaliste *(souvent les personnes d'un âge certain retombent en enfance)*

-Usez d'un langage simpliste

-Demandez-lui des nouvelles de sa santé

Pour le couple Dariant la soluce 3

Des maniaques: faites leur compliment de leur intérieur (si vous arrivez à franchir le seuil de leur appartement) portez des gants en caoutchouc lorsque vous sonnerez chez eux, ils seront rassurés.

Parlez de votre santé défaillante *(ils vous prendront en pitié)* Ensuite développez et donnez le but de votre intrusion dans leur vie privée.

Madame Frelon *GRIMPE SANS ENTRAIN* les marches la menant au premier étage.

Elle sonne chez monsieur Quito, à cette heure ci, le bonhomme a effectué sa promenade quotidienne, il devrait être chez lui, il est dix heures sonnantes ; notre brave concierge s'évertue à sonner puis à cogner contre la porte, rien, pas de bruit un silence total. (*Ce vieux gâteux se dit Lisette, le fait exprès il n'est pas sourd j'en ai eu la preuve récemment*) Je l'ai vu discuter avec madame Feuilly, les questions et les réponses fusaient naturellement.(*Je crois qu'il aime bien la grande pimbêche*).Au bout de dix minutes notre Lisette a une idée elle contactera sa fille Aline et ensemble elles iront voir ce cher monsieur Quito. Au deuxième étage les Dariant, surpris, ouvrent une porte circonspecte à madame la concierge.

-Bonjour madame

-Bonjour madame, monsieur je viens discuter avec vous des bienfaits du compteur Linky

(*Zut Lisette a omis les gants en caoutchouc)* puis-je entrer ?
À sa grande surprise, oui elle peut et a le droit d'occuper une chaise encombrée d'un plastic glissant qui lui colle aux fesses.

-Les Dariant- nous ne voulons pas de ce compteur

-Madame la concierge c'est une obligation, le président Macron désire imposer ce compteur à tous les ménages de

France et de (*Navarre*), si vous refusez vous payerez une forte amende (*faux   la concierge n'en sait rien*); autre qualité du couple Dariant l'économie jusqu'à l'avarice, sur le buffet, classés, selon les dates de péremption sont alignés des bons de réduction, des bons imprimés via Internet monsieur Dariant passe une bonne partie de ses matinées à scruter les sites marchands du web, ensuite à sélectionner les bons intéressants, (i*ls le sont tous à partir de quelques centimes*) sa chère épouse imprime les bons, puis débute le classement des produits concernés et leur datation, je ne vous dis pas la tête de la caissière lorsqu'elle doit calculer et déduire de la somme globale dix, vingt, ou trente centimes d'euros, (*quelquefois le produit est gratuit grâce à leurs savants calculs*).Le couple effrayé, se concerte d'un regard trouble.

-Nous ne voulons pas d'amende nos petites retraites sont à peine suffisantes alors imaginez…La concierge imagine

-Enlevez l'affiche sur votre porte

-Ce sera fait madame Lisette,

-Autre chose, monsieur Quito vous importune en montant le son de sa télévision et de sa radio, je vais voir cela avec sa fille ,car lui, je n'arrive pas à le joindre.

-Comment vous remercier madame Frelon (*un petit billet se dit Lisette*) Votre intérieur est charmant et très soigné

flatte la concierge se souvenant de son stage,

parler de ses maladies devient inutile puisque la partie est gagnée.

-Au revoir madame, monsieur

-Au revoir madame.

Madame Frelon, avec l'aide d'Aline la fille de monsieur Quito,a réussi à convaincre le vieux chameau d'adopter le compteur linky , Aline est la fille chérie de son papa qui, ne lui refuse jamais rien.

(*Je vous parlerai des excentricités de cette dernière un peu plus loin*)Tout est rentré dans l'ordre et assez vite, il faut bien le dire, notre bonne concierge se sent l'âme d'une lanceuse d'alerte si, si elle a vu une émission à ce sujet, elle se sent investie d'une mission quasi divine: gérer le bon fonctionnement de l'immeuble de la rue du Rivoli. A présent que tout est pour est mieux, allons rendre une visite virtuelle à monsieur Tunod, ce cher professeur vient de faire une nouvelle rencontre sur un site discret VIP, un peu cher, mais l'amour n'en vaut-il pas la peine et puis après moultes déceptions n'est-il pas en droit d'attendre le bonheur à deux que les aléas de la vie lui ont refusé? Jusqu'à cet instant, où le destin a ouvert ses chakras et a permis à deux êtres de connaître la passion(*virtuelle pour le moment*), chaque soir à huit heures tapantes les deux tourtereaux échangent des messages sur le fameux site de rencontre on en est au tout début.

-Le professeur -ta photo comme tu es belle! Tu fais si jeune!
Appelons la dame Juliette
-J'ai quarante ans passés

-Le professeur- nous nous connaissons depuis une semaine et j'ai le sentiment de t'avoir toujours connue.

-Juliette moi aussi

Je vous fais grâce de la suite aussi passionnée soit-elle, bref on décide de se voir en vrai, cela changera du virtuel, mais où ? Alors, tombe une invitation à dîner fort opportune pour la dame qui aime bien manger.Le restaurant du Château cela conviendrait-il à la dame ? Tu penses que oui ! Elle n'a pas un rond mais, cela le professeur ne le sait pas encore, ce qu'il ne sait pas non plus, c'est que Juliette a triché avec son profil et a posté une photo prise il y a dix ans de cela.

-Samedi à dix -neuf heures rendez-vous au Château

-A samedi Alain (*prénom de monsieur Tunod*)

-A samedi Juliette.

Monsieur Tunod se sent rajeunir il va faire un tour au New Look un magasin branché fréquenté presque exclusivement par des jeunes, le vendeur repère le séducteur attardé et lui fait essayer différents costumes dont les couleurs anthracite, béton, bleu délavé, bleu turquoise seraient à la mode et la coupe serrée s.v.p. Le bas des pantalons fait la belle part aux chaussures. Le professeur ravi achète un costume bleu ciel une chemise rose pâle (*pas de cravate*), à présent il se dirige vers son coiffeur branché, un petit rinçage, oui pourquoi pas ? Une coupe très tendance et Roméo ressemble à une gravure de mode.

Monsieur Tunod est en avance il marche avec nonchalance surtout ne pas se montrer nerveux.Garder son calme, sa sérénité, en arrivant au Château (*un restaurant chic et cher, rendez-vous de la bourgeoisie moyenne de Mulhouse*) le serveur, courtois, l'accompagne à sa table un coin charmant, discret, propice aux ébats virtuels, qui ne manqueront pas d'avoir lieu (*je m'entends par débats virtuels : échanges de propos galants badinages et j'en passe*) Consulter sa montre, toutes les cinq minutes, sous le regard curieux ou narquois des serveurs, monsieur Tunod ne sait pas trop, c'est lassant, la belle se fait désirer et… soudain une porte s'ouvre avec fracas il faut le souligner, une dame très corpulente la cinquantaine tassée, guidée par le serveur vient à lui, tout sourire dehors. Le professeur est atterré il s'est encore fait gruger, qu'il est stupide de faire confiance à ces sites de rencontres !La dame volubile ne lui laisse guère le temps d'en placer une.

-J'ai failli me perdre (*si seulement se dit le bon professeur*)

-Ah bon vous ne connaissiez pas le Château ?

-Je me présente Juliette Siemens

-Je me présente à mon tour Alain Tunod .

Le professeur cache sa déception la damoiselle est grosse (*se dit-il et fait bien plus âgée que sur la photo),* mais il n'a pas tout vu, en effet deux apéros ne lui font pas peur, puis un repas arrosé d'un vin choisi avec soin par le sommelier *(proposé habilemen*t).Je vous ferai grâce de la conversation, mais je suis obligée de vous rapporter le langage châtié de Juliette, ses propos   libres frôlant la vulgarité. Genre :

-Alors mon gros loup la solitude on n'aime pas? Moi non plus je ne m'éclate pas toute !Elle postillonne sans égards pour la belle veste de ROMEO, son rire est lourd et sans apprêts. Le professeur répond par monosyllabes et élabore un plan afin de se débarrasser au plus vite de la charmante personne qui, se goinfre en face de lui. Après le dîner, propose Juliette, cela te dirait de faire un tour chez moi, histoire de mieux se connaître? Un clin d'œil paillard et le tour est joué. Convaincue de son charme la dame fait des projets d'avenir .

-Tu pourrais vivre chez moi il y a de la place cela économiserait un loyer, j'ai quelque souci d'argent en ce moment et à deux on s'en sortirait mieux. Le professeur rétorque :

-Ne faisons pas trop de projets ma mère est très malade et je me dois de la soigner et de l'accompagner chez le médecin. Le dîner en tête-à-tête s'achève. Alain a accompli sa tâche il va mettre fin aux illusions de sa promise. Froidement il lui dit-

-Désolé tu n'es pas mon type de femme je vais payer l'addition et je te souhaite bien le bonsoir.

Juliette n'a pas le temps de rétorquer, que déjà le fringant quinquagénaire se rue à l'extérieur du Château et roule vite rue du Rivoli voir un bon western cela me changera les idées se dit l'ex amoureux virtuel.

Le nouveau locataire 12

Au troisième étage à gauche on emménage de bonne heure à huit heures tapantes.Une camionnette blindée d'objets hétéroclites s'arrête rue du Rivoli. S'en extirpe un énergumène coiffé d'une casquette, les cheveux longs, plutôt bel homme, la quarantaine passée; les fenêtres sont prises d'assaut dans l'immeuble et on observe le nouvel arrivant qui, sonne impétueusement chez la concierge. Madame Frelon, ravie de jouer un rôle si important, reçoit le jeune homme avec amabilité et lui offre une tasse de café.

-Je me présente je suis votre nouveau locataire Philippe Rouard

-Je suis (*elle hésite non elle ne va pas rouler les r l'événement est d'importance, mais pas à ce point*) la concierge, madame Frelon.

-Je vous accompagne pour ouvrir la porte et je vous remets les clés monsieur Rouard.

-Je ferai du bruit aujourd'hui puisque j'emménage, tenez madame, je vous ai imprimé une affiche, afin que vous préveniez les habitants de l'immeuble.

la concierge est conquise,ce monsieur dégingandé est charmant.

-Je vais coller cette affiche

-Mais, d'abord venez avec moi, je vous montre votre appartement .Certains propriétaires ou locataires ne sortent pas aujourd'hui, ils ne veulent absolument pas louper l'installation du nouveau locataire, d'autres ,dont madame Feuilly, lui proposent du café, de petits fours, Phil remercie avec joie, ses potes, tous la même allure nonchalante, montent les meubles en sifflant! A midi tout s'arrête et rue du Rivoli on voit arriver un livreur, portant des pizzas et des boissons plutôt alcoolisées. Une heure de repos et on reprend jusqu'au soir. Le peintre, car il s'agit d'un peintre, est heureux de s'installer rue du Rivoli, ce deux pièces lui convient parfaitement, les rideaux lassés d'épier retombent, le spectacle est terminé. Figurez-vous, que le couple Dariant, n'a pas fait ses courses aujourd'hui, pourtant nous sommes vendredi !Ils n'ont pas oublié rassurez-vous !Mais un peintre loufoque qui emménage des meubles dépareillés cela valait le coup d'œil non ? Demain samedi ces deux radins ferons leurs courses avec des bons de réductions en surplus, le bonheur n'est pas compliqué, il est souvent à portée de la main, allez expliquez cette théorie à ce pauvre professeur Tunod.

La rue du Rivoli chuchote : le nouveau locataire est un peintre connu en Alsace…Madame Feuilly serait prête à poser pour lui, mais pas dans le plus simple appareil, oh non!Miss Ruffaut ouvre souvent la porte, lorsqu'elle entend son voisin ou rentrer ou sortir de chez lui, un chiffon à la main, (*miss Ruffaut*)

-Bonjour monsieur

-Bonjour mademoiselle je me présente Phil Rouard peintre à mes heures

-Moi je suis à l'ANPE je m'appelle Sophie Ruffaut

-Ravi de vous connaître, je file, j'ai pas mal de travail, je n'ai pas fini d'emménager.

-Bonsoir monsieur

Madame Feuilly se débrouille pour vider sa poubelle lorsqu'elle entend le pas de Phil, dans l'escalier, elle a changé de look, un peu plus moderne, des couleurs abstraites, le teint beige, un maquillage clair, vaporeux et un rouge à lèvres à damner un saint : rouge vif, c'est la mode… Madame Frelon ouvre au même moment, la porte de sa loge, les dames embarrassées, se saluent courtoisement, Phil a des égards pour chacune d'elles.

-Madame Frelon merci pour l'aide que vous m'apportez Notre bonne concierge rosit sous son maquillage opaque… non elle ne roule pas les r(*l'occasion se présentera une autre fois*)

-A votre service monsieur Phil

Madame Feuilly, agacée veut à tout prix attirer l'attention du peintre sur ses efforts vestimentaires : robe feuilles d'automne, chaussures assorties, non pas de mocassins ! Mais des souliers à talons vernis brun foncé, elle se déhanche maladroitement pour être dans le champ de vision du beau peintre et… malheureuse , elle perd l'équilibre, tombe béatement, sur la première marche de l'escalier, une poigne solide la remet sur pieds.

-Oh monsieur Phil merci !

-De rien vous êtes-vous fait mal ?

-Non, enfin, un peu, ce n'est rien je vous assure.

Mais le rouge de la honte déteint sur ces vêtements et même sur ses cheveux me semble-t-il…

-Il n'y a pas de mal (*elle en sera quitte pour quelques bleus*)

La diva se retire prestement laissant le peintre en tête-à- tête avec madame Frelon.

-Je suis pressé j'ai tant de choses à faire

-Je comprends, si vous avez un souci n'oubliez pas je suis la concierge au service des locataires.

-Je m'en souviendrai chère madame.

Branle bas de combat ce matin, mais quelle effervescence dans les escaliers ! Se dit madame Frelon, j'entends même des pleurs étouffés, il est de mon devoir de vérifier l'état des lieux je suis responsable etc.…En ouvrant la porte, notre brave concierge tombe sur madame Buiron en larmes.

-Que vous arrive-t-il madame Buiron ?

-J'ai perdu mon chat Brutus, hier soir, je me suis couchée de bonne heure et il m'avait semblé l'avoir aperçu, sur son petit coussin.

-Alors demande la concierge ?

Ce matin (*je me lève de bonne heure*) le coussin était vide et j'ai eu beau appeler Brutus, Brutus, nul miaulement ne m'a répondu, j'ai fouillé l'appartement scrupuleusement, mon chat, mon adorable petit chat, à bel et bien disparu.Alertés par le bruit, certains locataires ouvrent leur porte et écoutent en rigolant. Monsieur Quito ne perd rien de cette conversation (*bien fait pour cette vieille sorcière, la journée commence bien, je sens que je vais délirer*) il descend jusqu'à sa boîte- aux- lettres en sifflotant et salue ces dames.

-Monsieur Quito, demande la concierge n'auriez-vous pas vu le chat de madame Buiron ?

-Comment ? Hein? Je suis pressé excusez -moi, madame Frelon hausse les épaules d'impuissance …

Sur ce, arrive monsieur Tunod, fringant avec un look de jeune premier, deux baguettes sous les bras, ces dames le dévisagent perplexes (*il s'habille comme un jeune que lui arrive-t-il?*)On pose la sempiternelle question au professeur, qui, répond :

-Non je n'ai pas vu Brutus.

-Désolée madame Buiron, vous allez sans nul doute le retrouver, les chats sont des fripons. Celui de ma sœur … et il se lance dans un récit atypique sur les escapades de Meau le chat de sa sœur. Survient le peintre hirsute, au passage, sans grande conviction, madame Frelon affable, lui pose la question qui fâche: avez-vous vu Brutus le chat de madame Buiron? Surprise! Le peintre dit :

-Hier soir j'ai laissé ma porte entre ouverte un moment afin d'aérer (*les fenêtres ont un résultat similaire, mais bon chacun ses habitudes*) en fermant la porte un chat s'est glissé chez moi, et il y est encore, peut-être serait-ce le vôtre chère madame…Madame Buiron a failli se trouver mal, mais par la suite les retrouvailles entre mimi et sa gentille marâtre furent dignes d'un roman, je vous en fais grâce.Le lendemain matin, madame Buiron, accompagnée de son gentil petit chat, vient sonner à la porte du peintre.

Phil ouvre la porte ébouriffé, de la peinture sur sa chemise bleue, il est surpris de voir madame Buiron

-Bonjour madame que puis-je pour vous ?

-Bonjour monsieur j'aimerais vous inviter à déjeuner aujourd'hui êtes-vous libre ? J'ai fait une bonne choucroute

-Phil je viendrai avec plaisir je raffole de la choucroute dites-moi vers quelle heure dois-je me rendre chez-vous ?

-A midi monsieur.

Notre gentil professeur, suite à ses déboires sentimentaux, a décidé de s'inscrire à un cours de danse, le cours de Mme Anne apprendre les danses classiques telles les valses, le tango, la rumba le tcha tcha tcha, etc. est primordial, se dit monsieur Tunod, et puis sait-on jamais, par la suite il pourra fréquenter des bals privés où les dames recherchent de bons danseurs. Il est tout à fait persuadé d'en avoir les talents nécessaires. Alors imbu de sa personne il se rend à son premier cours ;Madame Anne est une personne replète, charmante, elle distille son savoir tous les après-midis de quinze à dix-huit heures ; il vous faut prendre le forfait, c'est beaucoup moins cher explique la dame, au professeur, pourtant le coût reste très élevé, mais notre homme a les moyens de payer, le corps enseignant paye grassement ses professeurs c'est bien connu non ?

-Je vous présente les élèves tous des 68[tard] des retraités fringants et dynamiques.

-Nous allons danser une rumba cher monsieur, je vous demanderais de bien ouvrir vos yeux, mes élèves sont presque des professionnels.

Monsieur Tunod, médusé, voit évoluer les couples, et reconnaît leurs aptitudes à danser.

-Heu ! moi je ne sais pas danser.

-Cher monsieur vous êtes ici afin d'en apprendre les rudiments de base, d'ailleurs je vous destine à Mlle Célia, qui, comme vous débute, oh ! Elle ne devrait pas tarder, elle m'a prévenue qu'elle aurait un peu de retard, la voici. Entre une blonde, la quarantaine bien passée, jolie, mince, souriante, ce qui ne gâche rien.

-Bonjour madame Anne

-Bonjour ma chère enfant

-Je vous présente monsieur Tunod, qui sera votre partenaire, vous êtes tous les deux débutants, ce sera parfait.

-Bonjour monsieur

-Madame, mes hommages

-Tout à l'heure,nous danserons une valse, vous vous joindrez au groupe, je vous apprendrai à devenir de bons valseurs.
Ce que le professeur ignore c'est qu'il ne sera jamais un bon danseur, mademoiselle Célia non plus, ils sont faits pour danser ensemble.

Miss Ruffaut travaille toujours pour le fameux site de rencontre sur internet il y a eu une certaine évolution dans sa carrière d'entremetteuse on lui a demandé récemment de créer des dialogues dignes de ce nom lorsque deux profils ont matché et désirent aller plus loin.

Exemple : je te kiffe grave
Donnera : tu m'as séduit par ton charme, par ta beauté
-Si on allait manger au Mac Do un soir
Donne : je me réjouis de vous inviter à dîner un de ces soirs (*même si, ce sera le Mac Do*)

-Je te fais la fête si tu viens chez moi, donne : vous me rendez fou de désir je n'ai qu'une hâte vous tenir dans mes bras ;Sophie gagne un peu plus et ne s'en plaint pas, par contre sa vie sentimentale est le vide total, ce n'est pas chez elle, ni au supermarché ou à la bibliothèque qu'elle trouvera un soupirant, les sites de rencontres ne l'intéressent pas elle sait trop bien comment cela se passe, les candidats postent des photos d'il y a dix ou vingt ans, étant certains d'avoir gardé le physique de leurs jeunes années, ensuite, nombreux, sont les hommes mariés en quête d'aventure et pour la parité, les femmes n'ont rien à envier au genre masculin.Pourtant, ce nouveau locataire, le peintre la trouble il est séduisant, excentrique style bohème, tout ce qu'elle apprécie grandement chez un homme ; oui mais, comment engager une conversation dans le vestibule ou dans le local des poubelles, pas l'endroit idéal pour déployer son charme !Miss Ruffaut cogite grave elle va mettre au point un scénario digne de l'amour est dans le pré (*vous connaissez* ?) Faites lui confiance, elle trouvera un stratagème.Au fait ,le peintre se sera entiché de Brutus, le chat malveillant autant que sa maîtresse, madame Buiron aux dernières nouvelles, Phil ferait le portait de la marâtre et de son suppôt de Satan (*le chat Brutus*)madame Frelon le raconte à qui veut l'entendre il paraît que madame Feuilly en a fait (*presque*) une crise d'apoplexie) cette grande pimbêche s'est amourachée du jeune peintre, Sophie n'a pas le côté sarcastique de monsieur Quito, mais elle raffole des situations à la vaudeville -*je sens que la rue du Rivoli va bien s'amuser dans les temps futurs.*

Conciliabule à voix basse, comme d'habitude chez les Dariant (*on ne sait jamais si quelqu'un écoutait la conversation*) nous devrions remercier madame Frelon pour tout ce qu'elle fait dans l'immeuble qu'en penses-tu Albert ? Je suis entièrement d'accord avec toi Eugénie que pourrions nous lui offrir de pas trop onéreux (*on réfléchit, on calcule*)

-Des fleurs ! oh non tu as vu le prix des roses à Liedel !

-Des gâteaux

-Peut-être… il y a une bonne promotion sur les petits beurres au SUPER-U

-Eugénie n'est pas d'accord c'est encore trop cher,

-Des bonbons

Albert bondit à voix feutrée

-Mais tu es folle c'est au- dessus de nos moyens ! Tout d'un coup Eugénie a une idée de génie

-Faisons lui une enveloppe avec des bons de réduction cela ne nous coûtera rien du tout, on lui mettra ces bons dans un joli emballage (*pas timbré il ne faut pas pousser*) avec un mot gentil de remerciement, pour son dévouement, je suis certaine que la concierge sera ravie.

Elle ne gagne pas beaucoup et un petit complément n'est pas négligeable, ces temps -ci . Albert adhère de suite à l'idée lumineuse de sa chère moitié. L'après-midi se passe à chercher sur internet les bons à offrir, d'une pierre deux coups, ils cherchent pour eux aussi, ensuite il faut impérativement les imprimer et les mettre dans la boîte- aux lettres afin de les offrir à madame Frelon.

-Tu verras, dit Albert, elle nous mangera dans la main, c'est un cadeau original, et je suis persuadé que personne n'a encore songé à lui faire un tel présent.

Lorsque madame Frelon cherche son courrier le lendemain matin,surprise ! Elle découvre une enveloppe kraft (*moins chère*) du couple Dariant un mot charmant accompagne la lettre :

-Recevez ces bons cadeaux de nous, vos voisins merci pour tout

Signé le couple Dariant.

Notre concierge éberluée montre les bons de réduction à son mari qui, se met à rire, quels radins ! Offrir des bons je n'ai jamais vu une chose pareille !Madame Frelon trouve ce geste grotesque et se vexerait si son cher époux ne lui conseillait pas de ne pas s'attarder à ces broutilles.Ces gens sont cinglés ils ne se rendent même pas compte du ridicule de leur geste, tu sais quoi, fous moi ça à la poubelle.

Le vernissage du peintre 17

Ce matin d'automne, un bel automne il faut le dire, madame Frelon est fort excitée à l'idée de coller une affiche, sur le panneau réservé à cet effet, dans le vestibule : monsieur Phil le peintre invite la rue du Rivoli à un vernissage, une exposition de ses tableaux dans la galerie Athéna à Mulhouse.

-Samedi douze décembre je vous invite cordialement à la galerie Athéna, j'y exposerai mes œuvres en compagnie d'autres artistes . Venez nombreux je serai heureux de vous recevoir et de vous faire visiter la galerie.

 Philippe Rouard.

Les locataire, les propriétaires défilèrent toute la journée pour lire l'affiche, quelques commentaires vous éclaireront sur la raison de leur visite au peintre :On commence par madame Frelon

-Je suis la concierge, Phil aura pour moi des égards particuliers.

-Miss Ruffaut- l'occasion rêvée pour engager un dialogue et pour la drague discrète.

-Madame Buiron, grande amie (*depuis peu)* et admiratrice du peintre se fait une fête d'y emmener Brutus, le chat de Gargamel.

-Madame Winch

-Oh mon dieu pourvu qu'il y ait des peintures de saints !

Monsieur Quito se frotte les mains

-Je vais bien m'amuser je ferai le sourd et quelquefois j'entendrai à merveille.

Madame Feuilly se réjouit, elle se prépare, en acquérant une robe sexy, un joli chapeau et des souliers vernis comme dans la chanson. Les époux Lelong viendront également, ils sont simplement curieux de vérifier le talent de Phil. Monsieur Tunod, pour une fois, n'ira pas au cours de danses, où d'autre part, il a fait une belle rencontre, je crois que cette fois-ci est la bonne. Mais ne soyez pas pressés ! Je vous en parlerai plus loin, car pour l'heure, seule compte l'exposition du peintre vénéré. Les Dariant, après moultes réflexions, ont décidé de se rendre à l'exposition de peinture en prenant mille précautions. Surtout porter des gants et ne pas oublier le désinfectant pour les mains on ne sait jamais J'oubliai, la presse sera présente et fera un article, les habitants de la rue du Rivoli comptent bien figurer dans le journal du matin, ils feront tout pour cela soyez-en certains.

Ne cherchez pas la rue du Rivoli est vide, bon je parle de l'immeuble sis 7 rue du Rivoli, les résidents, sans se concerter sont partis tous à peu près à la même heure : à quatorze heures moins dix minutes quelques-uns font route ensemble, la galerie Athéna est à dix minutes à pied. Madame Frelon porte une robe ornée de feuilles d'automnes, qui, serait charmante, s'il n'y avait profusion de feuilles. Elle s'est maquillée dans les tons brun clair, bio, vous vous souvenez ? Rouge à lèvres beige, fond de teint pâle à souhait, le tout lui donne un teint blême un peu vampirisé, un blouson bleu complète l'ensemble, pas si mal fagotée notre bonne concierge ! Alphonse, ne l'accompagne pas, il a le droit de boire un coup avec les copains. Madame Feuilly déroge dans une robe orange, assortie au blouson tendance, qu'elle porte et des chaussures à talons vernis ah ! J'oubliai, le chapeau orné de fleurs ... automnales évidemment. Depuis quelque temps la coiffure Néfertiti a été remplacée par une coupe plus à la mode, sa chère copine n'a pas apprécié et boude son amie, ce n'est pas une première, les bouderies ne durent guère. Monsieur Quito a mis un beau costume il a lissé avec soin sa moustache ; Il donne le bras à madame Feuilly ravie. Leur conversation n'a rien d'une hécatombe, les questions, les réponses, fusent normalement. Plus loin les Dariant, furieux, se poussent du coude

-Tu as vu le vieux malentendant il se moque de nous, dit son épouse ; monsieur Dariant pense qu'il leur faut attendre, un jour, une bonne occasion de se venger, du vieux roublard, se présentera. La galerie apparaît soudain ! Fière d'exposer ses affiches portant les noms et les œuvres des peintres participant à l'événement. Madame Frelon lit avec délices le nom de Philippe Rouard, elle n'est pas peu fière d'avoir un peintre rue du Rivoli, l'immeuble est bourgeois, vous le saviez, mais il serait quelque peu bohème que cela ne m'étonnerait pas.

Phil pavoise, auréolé par l'admiration des habitants de la rue du Rivoli, il leur montre ses toiles, et tous s'extasient devant le talent du peintre ; il est vrai que sa créativité le pousse surtout à esquisser des natures mortes, il réalise quelquefois des portraits sur demande : preuve madame Buiron. Le journaliste est là, afin de faire un article digne de ce nom sur l'exposition des peintres, lorsque ce dernier s'approche de Phil, pour recueillir ses impressions sur le vernissage, la rue du Rivoli serre de près le peintre, amusé, et bon garçon, il commence à bien connaître les habitants de son immeuble. Madame Frelon, madame Feuilly posent nonchalamment une main sur le bras de Phil, afin de bien montrer le degré d'amitié qui les lie au peintre, miss Ruffaut est dépitée, malgré ses efforts vestimentaires, sa nouvelle coupe de cheveux, et son sourire séducteur, le peintre semble indifférent à ses charmes, elle fera encore plusieurs essais, et puis… laissera tomber, ne jamais insister telle est sa devise, surtout en ce qui concerne le travail, vous le saviez je suppose. L'après-midi se déroule en contemplation et en commentaires sur les différentes peintures exposées, madame Feuilly acquiert un tableau de Phil où des roses sont représentées de manière absolument divines, monsieur Quito ne veut pas être en reste et achète un tableau où le paysage (*divin*)est valorisé par des couleurs chatoyantes, les autres habitants se contentent de regarder. Surtout les Dariant qui, pour une fois, n'ont pas pu éviter la foule. Mais ils sont parés ils se sont emmitouflés dans leur manteaux, au point tel, que les visiteurs se retournent sur leur passage.Une sortie gratuite il ne faut pas la louper pas vrai ?

Chaque année quelques semaines avant Noël, monsieur Quito offre le sapin traditionnel, il n'a jamais donné de précisions il garde le silence sur l'origine de ce sapin. L'essentiel est de mettre une touche de fête à la rue du Rivoli nous sommes bien d'accord ! Madame Frelon et le vieux monsieur se réservent le droit de décorer l'arbre majestueux, j'aime autant vous dire qu'il ne manque pas de décorations, des bougies parfumées, aux petits anges qui vous sourient béats, aux boules bleues (*cette année, oui il faut bien changer de temps à autre, madame Frelon et monsieur Quito ont opté pour le bleu*) aux pralines délicieuses, qui seront cueillies par les habitants, sans vergogne, (*on remplacera les chocolats*). Les résidents de l'immeuble sont généreux en ce qui concerne les douceurs qui ornent de manière affriolante le fameux sapin. La décoration de l'arbre est un cérémonial respecté par tous, on se faufile dans la résidence à pas feutrés, la bouche ouverte devant les innovations des deux complices, on n'oublie pas de leur apporter du café, des gâteaux et de s'extasier à chaque instant sur leur merveilleux travail, car nos deux larrons sont bien d'accord ils se sentent une âme d'artiste et reçoivent les compliments avec condescendance.Sous le sapin il y aura une crèche, mais oui, avec les bergers, l'âne l'enfant roi, Marie et Joseph, cette crèche madame Frelon l'a acquise l'année passée lors d'une fête de charité donnée à la paroisse sainte Marie.Monsieur le curé *(Bernard)* et sa chère madame Winch s'occupaient de la vente de charité inhérente à cet événement, Lisette n'est guère croyante et encore moins pratiquante, mais elle estime être dans l'obligation, en sa qualité de concierge respectée, de visiter les ventes de charité, cela ne peut qu'auréoler sa réputation d'un fumet de sainteté.

Je vais vous présenter Aline, la fille de monsieur Quito : âge la cinquantaine révolue, grande, les cheveux teints blond platine, corpulente, vendeuse dans une grande surface.Cette dame est une inconditionnelle des régimes amaigrissants, des soins de beauté dans les salons d'esthétiques, elle a tout essayé pourtant sa silhouette ne change guère, au bout d'une quinzaine de jours sa volonté fléchit et tout recommence comme avant c'est-à-dire on mange des pâtisseries, des chocolats etc…Aline vit seule aucun homme digne de ce nom ne saurait vivre avec elle son caractère possessif, ses manies de vieille fille font fuir les prétendants. Sa passion des animaux fait qu'elle s'occupe de deux chats et d'un poisson rouge et d'un perroquet très loquace. Elle milite pour la cause des animaux et fait du bénévolat à la SPA. Pour Noël elle a décidé d'offrir à son cher papa un perroquet multicolore qui, n'a pas la langue dans sa poche ce sera la surprise du réveillon. Cet après-midi Aline est très impatiente elle s'est inscrite sur un site de rencontre Amour.com vous me suivez ? Vous vous vous rappelez ? Miss Ruffaut est modératrice de ce site, elle matche des profils et crée dans certains cas et sur demande des dialogues. Donc notre dame s'est pomponnée mise en valeur assurément car, elle a un rendez-vous galant, la rencontre se fera dans un bar discret de l'avenue Kennedy à Mulhouse, discret je ne sais pas trop faisons confiance au monsieur, la cinquantaine bien sonnée, qui se porterait garant de la tranquillité de l'endroit ; Eddie tient, comme convenu un journal à la main, la confusion avec une autre personne aura été évitée de justesse on n'est jamais assez prudent se dit notre homme. Qu'il se rassure dans le bar en question il n'a pas de sosie, il est *l'UNIQUE* prétendant de notre Aline, il n'y a que des jeunes, des ados qui discutent entre eux. Eddie souffle, il s'est dépêché et puis en consultant sa montre, il se rend compte qu'il a une demi -heure d'avance, patientons…Soudain un vent violent ouvre la porte du bar, Amour.com fait son entrée, des têtes se retournent un peu agacées par le bruit, elle se dirige vers le journal derrière lequel se dissimule son amoureux.

Le perroquet de monsieur Quito
Présentation d'Eddie 20

Aline, a offert à son gentil papa un perroquet, un animal de compagnie, lui a-t-elle dit, en souriant, tu ne seras plus seul cher papa, tu auras un ami son nom : Philléas, tu aimes? Monsieur Quito aime bien entendu, il donnera des cours à ce bel oiseau, des cours d'élocution et… je ne vous en dis pas plus, nous verrons le résultat. La fille de monsieur Quito est rayonnante, oui, elle est amoureuse !Son nouvel ami Eddie est adorable, je vous le décris : cinq centimètres en moins que son Aline , il serait chauve, s'il ne portait pas de perruque, taille moyenne, léger embonpoint, un physique, non pas de jeune premier, mais de petit bourgeois, il faut vous dire que notre Eddie est employé de banque, son visage quelconque a quelque chose de touchant, un homme que la vie a troublé et déçu, mais depuis peu, il a trouvé l'amour lui aussi, en la personne d'Aline. L'œil sagace de joli papa ne laisse rien passer, mais notre Eddie est onctueux et à pour son beau papa des égards, qui flattent le vieil homme, ne lui a-t-il pas offert une bouteille de vin, du bourgogne année 2000! Le vieux malin sait qu'il demandera à son futur gendre différents travaux inhérents à son logement, à son âge, il lui est difficile de faire certaines réparations, donc, il fait bonne figure à Eddie ravi, et invite « *ses chers enfants* » à déjeuner.La fille de son père, a perdu du poids et cette fois -ci sans fréquenter les instituts de beauté ; oh non ! Papa nous irons au restaurant, il est hors de question que tu fasses à manger ! Bel ami opine du chef et se récrie :

- Je vous invite dans un bon restaurant chinois monsieur Quito aimez-vous les repas chinois?

-Bien sûr appelez- moi Eugène c'est mon prénom. Sa fille, observe le roué et s'exclame :

- Mais, tu t'es fait beau pour nous recevoir, c'est un réel honneur ! Aline n'est pas naïve, elle se doute bien que son cher papa avait calculé son coup : le resto ou rien ! On y va ! Réservons d'abord, propose mielleusement le vieil homme.

-Voyons… Le Palais de Chine cela vous convient-il ?

-Bien sûr !

Monsieur Quito est enchanté son rôle de professeur lui convient parfaitement et il faut bien le dire, Philléas se montre un élève fort appliqué ; tous les matins, après le petit-déjeuner débutent les cours : salut Eugène, répète... l'oiseau répète : salut Eugène et le vieux est ravi, ensuite il faut se concentrer sur les résidents de l'immeuble, mais oui ! Où serait l'intérêt de former ce bel oiseau si ce n'était pas pour qu'il dise quelques mots aimables aux Dariant entre autre ;

-Dariant raadins pov cons dit le perroquet docile,

-Madame Frelon genntille conncierge

-Madame Buiron vieille taupe

-Madame Winch bénissez- la seigneur

-Phil salut Michel Ange

-Mademoiselle Ruffaut : le travail c'est la santé

-Madame Feuilly : mes hommages belle dame

L'élève est aussi roué que le maître et prend un malin plaisir à apprendre ces phrases clés. Les journées de monsieur Quito sont très chargées, le pauvre homme a tout juste le temps d'effectuer son training quotidien dans le parc avoisinant la résidence. Son futur gendre Eddie lui rend visite régulièrement et nos deux, non nos trois larrons prennent le café et discutent à trois, car Philléas à droit à la parole. Un autre passe-temps de ce vieillard attendrissant est l'arrosage de ses plantes, de ses fleurs sur le petit balcon jouxtant le salon, Eugène a disposé des géraniums dans des pots de différentes couleurs sur la balustrade en fer forgé et il faut arroser les fleurs régulièrement surtout, lorsque le rusé compère suppute le pas furtif et glissant de ces chers Dariant. Quant il entend la porte d'entrée grincer il se précipite et arrose abondamment les géraniums, qui ne demandent pas mieux, que se passe-t-il ? Il laisse choir un peu d'eau, oh si peu ! Sur les malheureux qui souhaitent sortir sans croiser âme qui vive c'est loupé, ils iront faire leurs courses légèrement mouillés, c'est tout ! Le vieux renard se cache prestement et rit sous cape, la vie a du bon quelquefois, les Dariant ne sont pas contents et iront se plaindre à la concierge, car ce n'est pas la première fois que l'arrosage dégénère . Ce vieux fourbe mériterait que je lui mette mon poing ,oh non pleurniche sa tendre épouse tu attraperais des microbes et puis il aurait encore raison vu son âge et sa soit disante infirmité.

Que devient notre bonne concierge 22

Internet1

Madame Frelon en a assez d'écrire ses courriers sur papier timbré, c'est décidé elle va se mettre à l'heure d'internet, après tout, d'autres l'ont fait et ont réussi ; alors pourquoi pas elle ! Elle parle de son projet à son cher époux, qui ne s'y oppose pas, car dit-il, à notre époque tout se passe par les e-mails, il recevra enfin , comme tout un chacun ses convocations pour son association de pêche par la voie virtuelle ! Non loin de la rue du Rivoli, il y a une association et dans cette dernière, on choisit la discipline qui convient . Demain j'irai m'inscrire dit Lisette, j'ai peur, mais un ordinateur assoira mon autorité dans la maison, la tête de mes copines ! Lorsqu'elles me verront surfer sur la toile (*cirée ? Non on ne le dit pas ainsi*). Le lendemain, de bonne heure, délaissant son inspection de la rampe d'escalier, oh, pour une fois, elle ratissera les dernières nouvelles un peu plus tard, madame Frelon se rend à l'association citée et demande d'intégrer la formation sur internet, le coût n'est pas élevé, beaucoup de retraités viennent, soit, pour faire de la peinture, de la sculpture, du dessin, du yoga et plein d'autres activités. Premier cours, tout de suite chère madame, si vous avez une heure à nous consacrer. Lisette accepte et on la pose devant un ordinateur, c'est terriblement impressionnant se dit la dame. Le coach, sympa, met ses élèves à l'aise, il débute par la base et leur demande d'allumer leur ordinateur, puis il leur explique des choses simples : vider la poubelle de temps à autre, madame Frelon, regarde sa poubelle et dit : mais elle est vide !sourire railleur des internautes, le professeur explique qu'il s'agit d'une corbeille virtuelle, idem pour les fenêtres n'ouvrez pas plusieurs à la fois ; madame Frelon a compris il s'agit de fenêtres virtuelles, puisque les fenêtres de la salle sont quasiment clouées, tellement les dames appréhendent le froid. Ce n'est pas simple, mais elle aime déjà le virtuel et les pétasses, d'anciennes profs, qui n'ont jamais daigné s'intéresser aux ordinateurs et regrettent à présent, ne sont pas pour déranger notre concierge.

Lisette est passionnée par son ordinateur, et, aux dires de Denis, le coach de ces dames, elle serait la plus douée ; notre concierge vient prendre son cours toutes les après-midis vers quinze heures, elle confie la loge à son époux qui remplit ses fonctions scrupuleusement, il n'y a pas grand-chose à faire, répondre au téléphone, si un résident a besoin d'être aidé ou conseillé etc…Les profs *(anciennes)* du cours sont toujours aussi pimbêches, mais madame Frelon s'en moque, elle s'est fait une nouvelle copine en la personne de madame Maier une dame de soixante dix ans, charmante et qui, est amoureuse de son ordinateur, tout comme elle Denis, lui a concocté une belle affiche, que Lisette mettra sur le mur de l'immeuble de la rue du Rivoli :

-Votre concierge madame Frelon, est, désormais hyper connectée*(Lisette tenait beaucoup à hyper)* vous pourrez la joindre par e-mail, si vous avez un problème à résoudre, je demanderais également à ceux qui possèdent un ordinateur de me communiquer le plus rapidement possible leur adresse mail ;pour les autres rien de changé, je reste entièrement à la disposition de tout un chacun, vous avez mon numéro de téléphone et ma porte est toujours ouverte.
Votre concierge
Lisette Frelon
Nb si certains résidents désirent suivre une formation sur ordinateur, l'association Cyber Plus est à cinq minutes de la rue du Rivoli je me ferais un plaisir de vous renseigner.

Le lendemain, madame Feuilly, monsieur Quito, mesdames Buiron et Winch, monsieur le curé sonnent chez la concierge. Tous sont hyper intéressés par cette formation sur ordinateur, madame Frelon est ravie :

-Nous allons prendre rendez-vous à Cyber Plus et demain nous surferons sur la toile.

Nous sommes mi-février et ce matin à nonante pile débarque à l'association Cyber Plus, un groupe plutôt disparate : madame Frelon, accompagnée de cinq membres de la rue du Rivoli, tous déterminés à surfer sur la toile. Madame Feuilly en robe pivoine, juchée sur des talons verts, madame Buiron en robe grise ornée de marguerites, madame Winch en jupe noire et pull blanc, monsieur Quito nonchalant en jeans bleu clair et col roulé. Madame Frelon porte une robe ornée de tulipes. Vous dire la stupeur des dames bien pensantes de la communauté des internautes serait difficile à décrire ! -Carnaval c'est bien ce mois ? Dit une mauvaise langue

-Oui rétorque une deuxième mauvaise langue, quelle allure ! Mais ils sortent tout droit d'une BD !Denis,le coach, est fort content, il va s'amuser enfin !Avec les dames profs à l'affût de la moindre virgule ou du point manquant, (*c'est une honte personne ne connaît ses règles de ponctuation!...*) Il s'ennuyait ferme, grâce aux hurluberlus qui viennent de s'inscrire aux cours d'informatique, les sessions risquent d'être fort animées.Chaque internaute a son ordinateur? Demande, suave, le formateur, en sachant qu'il contrariait les vieilles taupes médisantes. La porte s'ouvre bruyamment et monsieur le curé fait une apparition fort remarquée, il a revêtu sa soutane noire, pour impressionner les internautes plutôt réussi ! Les têtes grises pensantes s'écrient presque en chœur : monsieur le curé de sainte Marie !

Le bon curé n'a pas lésiné sur la mise en scène, un air extatique, un sourire bon enfant et un

- Mes enfants que DIEU vous bénisse ! Achèvent de faire la conquête des profs acariâtres

-Bonjour vous tous, excusez mon retard, mais un paroissien en difficulté, en quête de spiritualité, est la raison de ce retard. Denis jubile, il va bien s'amuser avec cette rue du Rivoli et ce curé excentrique.

Denis, le coach, exulte, quelle aubaine :la rue du Rivoli avec ses énergumènes sympathiques et maintenant le curé de la paroisse ste Marie ! Les cours promettent d'être animés en effet :les débuts ne sont pas faciles pour les dames Buiron,Winch qui, savaient tout juste que les ordinateurs avaient fait leur apparition dans le monde moderne. Madame Frelon, très fière de son savoir nouvellement acquis, s'occupe de ces dames. Madame Feuilly, quant à elle, n'a pas de problème et s'y est mise de suite ; monsieur Quito, point sot, demande conseil aux anciennes profs, il en a détecté une qui, n'est pas mal du tout. Alors, à tout moment, notre malentendant chronique se lève, devance l'aide de Denis et va vers la dame qui lui a tapé dans l'œil ; elle se prénomme Alice cette dame est flattée qu'on lui demande son avis, tandis qu'elle-même est loin de tout comprendre, peu importe. Les conversations entre Alice et monsieur Quito feraient pâlir d'envie Les hiéroglyphes, leur cyber langage est intraduisible et Denis le coach en est sidéré. Monsieur le curé, sait lui, mais il désire se perfectionner, afin de maîtriser le langage mystérieux de cet appareil nommé ordinateur. L'ambiance s'est détendue, les profs sont sympas à présent et la rue du Rivoli échange des propos aimables avec ces dames, qui, finalement sont gentilles. Lisette quitte l'association au bout d'une heure, elle a confié sa loge à une de ses amies Huguette, mais il ne faut pas abuser de la bonté des gens ! Madame Maier regrette le départ précipité de sa nouvelle copine, mais demain on se reverra et puis, comme dit madame Frelon, certains après-midis elle ira boire le café à la conciergerie. Les autres, prennent deux heures de cours, mesdames Buiron et Winch, commencent à émerger de leur ignorance, les bases sont jetées.

Vive internet et les gens hyper connectés!

Ce matin, nous sommes au mois de février, il fait beau, un temps printanier et le livreur qui s'arrête rue du Rivoli, sifflote joyeusement un air connu. Le brave homme sonne impétueusement chez la dame Frelon, la concierge responsable de l'immeuble, c'est noté les instructions sont très claires : un ordinateur à livrer. Notre bonne concierge, super excitée, est levée depuis cinq heures du matin, aujourd'hui, elle va recevoir son ordinateur, l'événement est d'une importance telle, qu'elle a prévenu tous les résidents, dorénavant nous pourrons communiquer par e-mails (*elle avait déjà prévenu, dès le débuts de ses cours d'informatique, elle avait collé une affiche dans le vestibule*), oui, mais à présent, tout se concrétise. Madame Frelon , fait entrer le livreur, le remercie, lui donne un pourboire, et réceptionne la boîte magique.Un ordinateur portable, c'est beaucoup mieux, cette internaute avertie a acheté un bureau pour poser son portable, un joli bureau en teck clair . A présent ouvrons le carton, se dit madame Frelon je vais de suite surfer sur la toile, mais comment le mettre en marche? Je crois qu'il faut des branchements, il me faut de l'aide, se dit Lisette, effondrée, à l'idée de ne pas pouvoir utiliser son ordinateur, elle en avait tellement envie ! Téléphoner à un technicien… cela va me coûter fort cher !

Denis ! Je vais demander à notre coach s'il veut bien m'aider, je le dédommagerai bien entendu. Denis, arrive à midi pile et madame Frelon , l'invite à déjeuner. Le jeune homme accepte avec enthousiasme, il adore manger cela le changera des Mac Dos et des sempiternels sandwichs avalés à la hâte. Un repas de rêve :des bouchées à la reine, une tarte aux pommes comme dessert, j'en garde pour mon époux dit Lisette, je cuisine pour deux jours, mon mari a bon appétit, tiens comme vous Denis !

-C'est si bon madame Frelon, vous êtes une excellente cuisinière

Le café, le dessert avalés, le gentil garçon installe l'ordinateur de la concierge, n'y touchez pas encore, madame, si vous êtes d'accord, je reviendrai ce soir afin de vous expliquer le fonctionnement de votre portable.

-Vers quelle heure viendrez-vous Denis ?

-Après dix-huit heures combien vous dois-je ?

-Rien le repas délicieux a été ma récompense

-Eh bien ce soir vous dînerez avec nous merci pour votre aide.

Le livreur n'en revient pas, aujourd'hui il livrera quatre ordinateurs à la Rue du Rivoli.Une épidémie, mais qu'ont-ils tous à surfer sur le web ?

Je vais sonner chez les personnes concernées, en souhaitant qu'elles soient présentes.Dring dring madame Feuilly, grand sourire, ouvre au livreur et réceptionne son ordinateur portable.Au tour des suivants :monsieur Quito, mesdames Winch, Buiron. Ils m'ont donné un pourboire, ces gens savent vivre, dorénavant les colis pour la rue du Rivoli ce sera pour moi !Nos joyeux lurons ont tous reçu leur ordinateur, mais comment l'allumer et comment s'en servir ? A l'association Cyber Plus, les choses sont si faciles …et Denis le coach, toujours là pour corriger, encourager. Sans se concerter, les quatre internautes sonnent chez madame Frelon, qui, les attendaient, preuve :le café fumant et le plateau orné de cinq tasses, sans oublier le sucrier.Les hyper connectés font profil bas devant la concierge et lui demandent conseil. Madame Lisette, est une brave dame et propose de faire venir Denis le coach de Cyber Plus .

-Le jeune ne pourra pas se libérer avant dix-huit heures, j'ai une heure de pause devant moi, je vous invite à prendre le café, ensuite je vous montrerai les bases élémentaires comment allumer l'ordinateur, se connecter, etc…ainsi fut fait, en quittant la concierge, les quatre internautes avaient progressé, mais il valait mieux attendre Denis pour installer leurs portables. Ils se mettent d'accord tous se retrouveront chez madame Feuilly, dès que le jeune sera là, avec leurs ordinateurs respectifs.

Le coach, dîne chez la concierge, puis sans perdre de temps sonne chez madame Feuilly. Cette rue du Rivoli est décidément, très attachante, les quatre champions du net sont touchants, chacun porte son ordinateur, en ayant soin de ne pas l'abîmer, on commence par le brancher, on l'allume, allez faites-le, ensuite connectez-vous et le tour est joué. Denis repart vers onze heures du soir, il a refusé le pourboire, donc chacun à tour de rôle invitera le coach à déjeuner, le jeune solitaire, sans famille préfère cela il a le sentiment d'avoir rencontré l'amitié, enfin!

On surfe, on surfe, rue du Rivoli, nos fiers internautes sont connectés matin, midi et soir, même la nuit se plaint d'être sollicitée à tout propos. La passion du net tient les quatre résidents, on mail à bon escient. Madame Frelon, notre bonne concierge n'échappe pas au démon du web, le matin la verra, fatiguée, les yeux cernés, mais si heureuse ! Nos futurs informaticiens ne parlent plus qu'en cyber langage, difficilement accessible au commun des mortels, hier encore le facteur, éberlué est pris est flagrant délit de distribution de courrier dans des enveloppes timbrées, madame Feuilly, outrée, fait la remarque qu'il serait tellement plus judicieux d'envoyer des e-mails, économie de papier, de stylos, le pauvre facteur ne comprend rien à son langage, les mots sont judicieusement choisis afin de l'impressionner, il se hâte de faire signer son courrier recommandé à madame Feuilly et déguerpit à vive allure .Madame Buiron fait partie d'une association virtuelle de chats abandonnés, ses copines, des vieilles dames pas connectées du tout, sauf à la télé et au feuilleton les Feux de l'Amour, sont admiratives du savoir de leur amie. Madame Buiron ne se prive pas de prendre un air des plus intelligents et d'user des sacros saints mots réservés à l'élite des surfeurs avertis. Monsieur Quito, est un collectionneur de timbres, une passion qu'il vient de découvrir à son insu, grâce à son ordinateur il a adhéré à un club virtuel, le perroquet Philléas à ses côtés il surfe à qui mieux mieux ; il sait bien qu'il fait partie d'une élite et que la majorité des gens qu'il rencontrera ne comprennent rien au langage de la cyber planète(*c'est ce qu'il croit*),imbu de son savoir il décide de rester le même homme : la simplicité, l'humilité, il ne faut pas mettre les gens incultes mal à l'aise. Madame Winch échange des mails avec son cher curé, la sainte femme est déterminée à servir notre Seigneur Jésus Christ, mon ordinateur sera un outil de première importance, je saurai venir en aide aux nécessiteux de notre chère paroisse. Le curé, quant à lui, était hyper connecté depuis longtemps, mais les cours de Cyber Plus ne peuvent qu'être bénéfiques pense-t-il avec raison.

Salut l'internaute !! Le bonjour du perroquet est flatteur et monsieur Quito y est très sensible

-Salut Philléas, après le petit-déjeuner nous travaillerons ensemble.

-Ton éducation est à revoir mon garçon

Monsieur Quito prépare son café, ses tartines beurrées, la confiture de fraise, dont il raffole, surtout ne pas l'oublier et figurez-vous que notre internaute consommé ne monte plus guère le son de sa radio. Que se passe-t-il ? C'est tout simple le cher homme est tellement pris par son ordinateur qu'il ne songe guère à ennuyer les Dariant. La philatélie occupe ses journées, puis il y a les fameux e-mails que l'on s'envoie à tout propos dans la résidence des supers connectés,

-Bonjour comment allez-vous ? Le temps semble serein aujourd'hui, irez-vous au cyber cours ce matin gente dame ? et j'en passe, alors le temps de l'adversité est révolu, entre cybernautes on se comprend et l'estime que l'on porte les uns aux autres est considérable.Voilà pourquoi, ce matin le vieux roublard *(monsieur Quito)* décide de revoir sa copie verbale il n'est plus question d'offenser les dames Buiron et Winch oh non !

-Philléas mon bel oiseau viens par ici je vais t'apprendre les bonnes manières ! Mais notre perroquet n'a guère envie d'étudier quoi que ce soit, il se promène dans l'appartement et module :beel oiiseau…

Monsieur Quito se fâche et invective l'oiseau moqueur

-C'est le zoo qui t'attend maudite volatile, à l'instant où il n'y croyait plus Philleas se pose près de l'ordinateur et prend un air angélique le cours peut commencer

-Madame Winch bonjour gentille dame ? Répète après moi

-le perroquet répète :winch bonjoour , gentilll damme

-Madame Buiron bonjour joli petit chat, le perroquet obéit et cela donne :madamm Buron bonjourr jolii ptit chatt

-Miss Ruffaut bonjour jolie damoiselle

-On s'exerce jusqu'à ce que tu le saches par cœur affirme le professeur imperturbable. Pour les autres internautes rien de changé madame Feuilly reste la charmante dame et madame Frelon la gentille concierge.Phil reste Michel Ange.

Madame Frelon est bouleversée elle vient d'apprendre que Denis leur coach au Cyber Plus est orphelin et loge dans une chambre meublée louée par une association. Elle en parle à Alphonse, son mari.

-Nous ne pouvons pas rester sans aider ce pauvre petit , je vais envoyer un e-mail aux internautes de la résidence, nous allons prendre des décisions importantes

son mari approuve et propose son aide :

-Si tu as besoin de moi je ferai tout ce qui est en mon pouvoir, le sort de Denis m'émeut ; Lisette est touchée par la gentillesse de son époux. En attendant, je surfe sur mon ordinateur et j'envoie des mails d'urgence.Madame Feuilly est en extase devant de petites merveilles, des robes couleur pastel, sa taille de guêpe(*du 46 reste à voir pour la taille de guêpe*),son élégance naturelle siéraient fort bien à ces robes, le prix n'est pas excessif, elle va faire une petite folie, mais après tout sa beauté à droit à certains égards. Madame Feuilly oublie son âge, son embonpoint, ses rides, son miroir joue le jeu et lui renvoie un reflet flatteur de sa personne.

-Tiens un e-mail voyons ! Madame Frelon m'informe d'une réunion exceptionnelle demain après-midi, chez elle, le motif n'est pas mentionné, demain nous serons vendredi, je réponds d'accord et à quelle heure ?

Madame Buiron est fort occupée sur son ordinateur, elle visite des zoos, la spa n'a plus de secret pour elle, chaque mois elle prend sur sa maigre pension pour faire un don, il faut soutenir l'action de ces associations qui viennent en aide à ces pauvres animaux abandonnés

-Je viens de recevoir un e-mail ! L'événement tant attendu de la journée ! Madame Frelon convie tous les internautes à une réunion extraordinaire demain après-midi quinze heures je réponds oui ; je suis curieuse de savoir de quoi il s'en retourne. Brutus lui, s'occupe du tapis il tire les fils et jubile, car il s'imagine pouvoir défaire le tapis dans son intégralité madame Buiron le gronde,

-Vilain chat si tu recommences tu n'iras plus chez ton copain le peintre Phil.

Brutus a de grands projets défaire le tapis en tirant méthodiquement un fil c'est astucieux, faire tomber les rideaux en sautant sur ces derniers, pour le moment il fait l'innocent au pied de sa maîtresse, mais il prendra le temps et rusé comme il l'est n'en doutez pas la réussite est au bout. Madame Winch est en apnée de sainteté elle lit la biographie de sainte Thérèse d'Avila et pousse des plaintes à émouvoir un cœur de pierre, genre : oh la pauvre petite ! Quelle grandeur d'âme ! Comme elle a souffert etc…

-Tiens,un e-mail vient d'arriver se dit la brave dame les yeux embués.

(pas à cause de l'e- mail mais la vie de la sainte l'a remuée bon elle se remettra je suppose)

Madame Frelon me convie à une réunion informelle demain à quinze heures, je lui réponds que je serai présente bien entendu puis de suite elle retourne à sa chère lecture, avec internet quel progrès ! On peut connaître la vie de toutes les saintes c'est un miracle (oui bien sûr!). Monsieur Quito, quant à lui, expliquait à son perroquet le fonctionnement d'internet, Philleas n'écoutait guère, tout occupé qu'il était à regarder par la fenêtre, les nuages gris amoncelés dans le ciel l'intriguaient visiblement bien davantage que les élucubrations de son maître.

Monsieur Quito se dirige vers son ordinateur (*en veille*) et consulte ses e-mails ;chic,un e-mail de madame Frelon

vient de tomber ! Que dit-il? Demain à quinze heures réunion informelle à la conciergerie.

-Ah bon! Il doit se passer quelque chose d'intéressant bien sûr j'irai à cette réunion, je suppose que les internautes y sont également conviés, se dit le rusé vieillard. Monsieur le curé n'est pas en prières, non il boit un chocolat agrémenté de deux petits pains très consistants, un gourmand notre ecclésiastique, il consultera ses e mails un peu plus tard d'abord s'accorder une sieste bien méritée après tant d'efforts et puis il est dit dans des manuels de médecine très sérieux, qu'une digestion malmenée peut engendrer diverses complications, donc on ne plaisante pas au st chapitre monsieur le curé se repose derechef.

Vendredi à quinze heures, nos internautes franchissent le seuil de la conciergerie, très curieux de savoir ce qui motive leur présence.

Madame Frelon ménage ses effets, ses airs de conspiratrice intriguent les internautes .

-Prendrez-vous du café, du thé ou quelque autre boisson ?

-Je vous remercie d'être venus et je vais, dès que les collations seront servies, vous donner les explications que vous êtes en droit d'attendre (*la concierge avait soigneusement étudié ses phrases sur Difficultés de la Langue Française*) donc elle était relativement contente de son introduction.

-Un morceau de tarte en désirez-vous ? Tous en veulent évidemment.

Dring dring... la sonnette retentit, la concierge ouvre la porte et fait entrer monsieur le curé Bernard en soutane (*oui, car lorsque le bon père veut impressionner il revêt une soutane ce qui, ne manque pas de provoque le respect des personnes qui le rencontrent.*)

-Nous sommes tous réunis, dit Lisette, j'ai à vous annoncer une triste nouvelle, j'ai appris que Denis, le coach de Cyber Plus est orphelin et vit seul dans un foyer où il n'a qu'une chambre à sa disposition, l'auditoire est bouleversé.

-Si vous êtes tous d'accord nous pourrions luis venir en aide ? Lui offrir une famille de substitution.

Les internautes hochent la tête en signe d'acquiescement et tous réfléchissent un moment avant de se prononcer

madame Buiron prend la parole, la première

-Le dimanche nous l'inviterions à manger chacun à son tour Qu'en pensez-vous mes chers voisins ? Levez la main ceux qui sont d'accord ?

-Tous lèvent la main
-Le projet numéro un est retenu
Monsieur le curé prend la parole à son tour

-Denis pourrait m'aider dans de menus travaux, ma vue baisse il saurait conduire ma voiture et m'emmener visiter des familles nécessiteuses, lorsque son temps libre le lui permettrait, cela lui donnerait une importance aux yeux de mes paroissiens madame Frelon approuve.

-Quelle bonne idée ! Qui est pour ? Levez la main

Tous approuvent à l'unanimité le deuxième point est accepté.

Madame Feuilly demande la parole

-J'ai une proposition à vous faire mes chers voisins internautes et si nous nous invitions les uns les autres le dimanche à tour de rôle en n'oubliant pas Denis évidemment puisque nous sommes ici réunis afin de lui venir en aide ?

Monsieur Quito surenchérit infatué de son savoir

-Des sots ne sauraient comprendre un ordinateur mes amis

en plus nous avons du cœur !!

Madame Frelon se rengorge, madame Winch s'efface, madame Buiron redresse le buste et notre saint père ne dit pas d'Ave maria mais c'est tout comme, il reprend de ce délicieux gâteau dont il raffole, un gâteau fourré aux amandes, (*madame Frelon a dû rajouter des desserts les internautes sont des gourmands*)

-Madame Buiron pose la question :

-Comment inviter Denis pour le dimanche suivant ?

monsieur le curé dit :

-Le plus naturellement du monde :Denis seras-tu des nôtres dimanche prochain je t'invite à déjeuner puis j'offre le café à nos chers internautes hyper connectés ?

-Madame Buiron c'est bien je ferai ainsi.

Le lendemain matin à neuf sonnantes la rue du Rivoli s'engouffre dans Cyber Plus un sourire mystérieux aux lèvres, la consigne a été donnée par madame Frelon ;surtout du naturel soyons comme à l'ordinaire mes amis.(*Madame Maier la copine de notre concierge a été mise au courant*) Facile à dire mais pour mettre ce concept en ligne cela paraît plus compliqué.Durant tout le cours nos internautes hyper connectés échangent des regards en biais des sourires qui en disent long. Denis se demande ce que mijote la rue du Rivoli ? Ils ne sont pas comme d'habitude ils cachent quelque chose. Même les femmes savantes(*les profs*) se posent la question que mijotent les internautes de la rue du Rivoli ? A la fin du cours madame Buiron appelle Denis et lui demande s'il veut bien déjeuner avec elle à son domicile dimanche prochain, les internautes seront tous invités à prendre le café et le dessert, Denis est fort content, bien sûr il accepte avec joie, heureux d'avoir satisfait sa curiosité ; à présent il sait ce que complotait la rue du Rivoli. Madame Frelon s'approche à son tour et dit

-Ce soir je t'invite à dîner à la conciergerie n'oublie pas !! Denis n'oublie pas.Le jeune homme est comblé , soudain la porte s'ouvre avec fracas et le curé de ste Marie fait une entrée spectaculaire habillé en cow-boy un chapeau sur la tête, portant un jean troué et délavé et pour parfaire ce tableau idyllique une chemise à carreaux. Il fait sensation , ah les bottes ornées de petits clous j'oubliai ! Monsieur le curé

-Mes amis j'ai dû annuler le cours, car les rockers sont venus à l'improviste et nous avons répété, bientôt nous donnerons un spectacle payant dont le bénéfice ira aux pauvres de notre chère paroisse .

Tous sont médusés quel excentrique ce Bernard ! Madame Winch est en extase elle s'imagine en squaw grattant une guitare en osmose avec son cher curé, elle saurait chanter, sa voix est pure et cristalline aux dires des dames patronnesses.

Ils se sont tous donné le mot ce n'est pas possible !

Denis- Mon père c'est avec grand plaisir que j'assisterais tantôt à une de vos répétitions

-Monsieur le curé après demain soir cela te va.

-OK répond Denis fort intéressé.

-

Le lendemain matin Lisette nettoie la cage d'escalier tout en guettant les bruits des appartements et les allées et venues dans la résidence (*elle n'est pas curieuse mais vu le poste important qu'elle occupe il lui faut être au courant de tout rassurez-vous elle l'est*).

Une porte grince et monsieur Tunod jaillit, dévalant les marches avec vivacité et s'arrête nez à nez devant madame Frelon.

-Madame Frelon j'ai une requête d'importance à formuler
La concierge a du mal à suivre le vocabulaire du professeur la laisse pantoise.
-Cher monsieur que puis-je pour votre service ?
J'ai appris que vous veniez en aide à un jeune homme méritant, votre coach de Cyber Plus, je souhaiterais me joindre à tous les hyper connectés de la résidence, est-ce ainsi que l'on vous surnomme à présent-? Et apporter ma modeste contribution dite-moi ce qu'il faut faire pour cela ?
Madame Frelon se redresse prestement et dit :

-Oui cher monsieur on nous appelle ainsi à présent, imaginez l'exploit à notre âge apprendre à surfer, en si peu de temps, comprendre ce langage ésotérique. Avouez que ce n'est pas à la portée de n'importe qui ! Monsieur Tunod a du mal à réprimer un sourire il arrive à prendre un air admiratif et un ton des plus flatteurs à l'encontre de notre bonne concierge.

-Certainement chère madame pour en revenir à ma question que me conseillez-vous ?

-Lisette ah oui ! Nous organiserons tantôt une nouvelle réunion et vous inviterons à vous joindre à nous êtes-vous d'accord ?

-Le professeur acquiesce et souhaite une belle journée à la dame.

La concierge se sent importante et surtout indispensable à la résidence du Rivoli, elle a juste le temps de retourner à son nettoyage de rampe, que déjà une porte s'ouvre et miss Ruffaut descend l'escalier au rythme d'un escargot qui aurait attrapé un lumbago.Elle va droit vers madame Frelon et lui demande :

-Bonjour madame vous menez une action afin d'aider un jeune homme et je désire apporter ma contribution dites-moi ce qu'il faut faire? J'aimerais me joindre aux internautes que vous êtes.

- Bonjour miss Ruffaut comme c'est gentil à vous ! Toutes les bonnes volontés sont les bienvenues et bientôt nous aurons une réunion à laquelle participera le professeur si vous désirez être des nôtres ce sera avec plaisir

-Avez-vous mon mail madame ?
-Lisette oh non ! Quel oubli, faites-le moi parvenir et je vous e- maillerai répond la concierge avec suffisance.

-Bonne journée madame Frelon

-Bonne journée miss Ruffaut

Dans la même journée Phil le peintre fait part de son souhait d'aider un jeune homme sans famille, madame Frelon lui dit que vendredi soir à vingt heures elle organisera une réunion pour tous les gens désireux de participer à cette action collective. (*elle s'est ravisée elle voulait dire humanitaire...*)

Madame Maier maille son amie la concierge on ne se téléphone plus guère on envoie un mail! c'est du dernier chic et certes pas à portée de tout le monde !!

-Madame Maier -Chère Lisette bonjour, je voudrais moi aussi aider ce pauvre jeune homme, je suis propriétaire d'un studio dans mon immeuble et je pourrais le louer à un prix modique à Denis qu'en penses-tu ?

Notre concierge jubile tous veulent venir en aide au coach solitaire et sans famille.

-Lisette vendredi soir à vingt heures j'essaierais de réunir les hyper connectés dont vous faites partie, ma chère amie, plus des résidents désireux de rendre service à ce pauvre Denis ; je vais mailler tout ce petit monde et j'attends leur réponse et la vôtre bien entendu.

– signé une concierge hyper connectée

Les e-mails envoyés, madame, Frelon attend les réponses qui, ne tardent guère à envahir sa boîte mails, à croire que les hypers connectés ne délaissent plus leurs ordinateurs et dépouillent avec impatience leurs courriers virtuels.Tous se font un plaisir de participer à cette réunion informelle, madame Buiron propose de faire un cake à l'orange, un régal pour les palais, d'ailleurs Brutus son mignon petit chat peut en témoigner il a dévasté le dernier cake laissé par mégarde sur la table de la cuisine. Miss Ruffaut apportera sa fameuse tarte tatin, madame Winch pour la circonstance, réalisera des madeleines, oh une recette de la grand-mère de ma grand-mère, bon ! On ne remontera pas jusqu'à la préhistoire promis ! Monsieur Quito apportera une bonne bouteille de mousseux, monsieur Tunod également, la soirée sera gaie, ah ! J'oubliai, monsieur le curé sera de la partie ses papille frémissent à l'idée de déguster de bonnes choses, car, il n'en doute pas, les hypers connectés savent vivre. Alphonse, le mari de madame Frelon est super content. Dorénavant il pavoise devant ses copains d'usines, son épouse possède un ordinateur qui, remplace presque le facteur, d'ailleurs il ne comprend pas, comment se fait-il que le couple reçoive encore du courrier papier ? C'est dépassé nous sommes dans une ère nouvelle où les e-mails ont le vent en poupe ; son association de pêche lui envoie toutes les infos sur la boîte mail de Lisette. Les copains pas débiles du tout ont chacun leur ordinateur et savent très bien s'en servir, mais pour faire plaisir à ce grand nigaud ils jouent les étonnés et font part de leur admiration pour les prouesses informatiques de madame Frelon.

A l'heure dite c'est à dite vingt heures, les hyper connectés font une entrée fracassante chez madame Frelon, suivis de près des résidents de la rue du Rivoli (*sauf les Lelong et les Dariant*). Notre brave concierge merveille des merveilles s'est accoutrée d'une robe ornée de marguerites plutôt voyantes et certes bien visibles sur le tissu jaune qui constitue la trame de ladite robe. J'oubliai, miss Ruffaut est arrivée bonne dernière, sa tarte tatin sous le bras, vêtue d'un jeans bleu délavé et d'un chandail deux fois trop grand pour elle, mesdames Winch et Buiron ont revêtu leurs atours naphtalisés *(j'ai inventé un nouveau mot à mettre dans le dictionnaire puisque c'est la mode de combler l'invacuité de ce dernier par de nouveaux mots très en vogue)* madame Feuilly s'est pouponnée à l'extrême, fond de teint assorti à sa robe beige, rouge à levres flamboyant, fard à joues rose chaussures assorties à la teinte de sa robe, la coiffure à fait un sérieux bond en avant et sans être au dernier cri des coupes avant gardistes le deuxième millénaire a été franchi c'est certain .

Madame Frelon :

-Nous commencerons par une légère collation qu'en pensez-vous chers voisins ? (*La phrase a été soigneusement répétée et l'effet est immédiat*)en fait de légère collation nos joyeux lurons festoient pendant une heure, les victuailles apportées s'y prêtent bien volontiers.

A un moment donné Sophie (*miss Ruffaut*) désire couper des parts de tarte tatin, on s'empresse de lui donner un coupeau, mais en la voyant faire, les hypers connectés et les résidents se regardent attérés. A l'allure où elle coupe la tarte, la soirée risque d'y passer, alors habilement Lisette lui propose de l'aider à distribuer le café, afin que quelqu'un d'autre fasse un heureux sort à la tarte, verser le café dans les tasses avouez que ce n'est pas épuisant, mais c'est sans compter avec la fatigue permanente qui habite miss Ruffaut, vous le savez elle est allergique au moindre effort et sans l'aide de monsieur Quito, le café aurait eu le temps de refroidir à loisir. Il y a de l'entre-aide chez les résidents vous en avez la preuve. Maintenant il leur faut aborder les choses sérieuses et… on sonne. Alphonse le mari de notre concierge va ouvrir et se trouve nez à nez avec monsieur le curé, sourire béat, air angélique avez-vous déjà pris le dessert ?

-Alphonse oh non ! Bernard nous vous attendions.

Madame Frelon prend la parole nous avons tous ici présents décidé d'aider Denis, orphelin, donc sans famille et qui, vit dans un foyer je vous remercie d'être venus ; madame Maier nous prie de l'excuser un empêchement de dernière minute a provoqué son absence parmi nous. Nous allons décider de la manière qu'il convient de procéder (*encore une phrase savamment travaillée et répétée à voix haute dans la conciergerie*)

-Monsieur Quito dit :

-Nous avions pris le parti de l'inviter à manger à tour de rôle afin que le gamin ne se retrouve jamais seul un dimanche.

-Oui reprend madame Feuilly (*aguichante, et roucoulant*)en levant ses yeux charmeurs vers le peintre Phil Rouard, qui feint de ne rien remarquer, il reste stoïque devant tant de charme est-il de marbre ? Se demande madame Feuilly

Revenons au sujet principal qui est Denis, donc madame Feuilly propose de prendre la suite de madame Buiron comme tout un chacun le sait, cette dernière a invité le jeune pour le dimanche suivant, il est prévu que les hypers connectés viennent ce jour là prendre le dessert et le café chez la dame en question. Madame Feuilly fera de même le dimanche qui suit , Phil, monsieur Tunod et Sophie Ruffaut seront bien évidemment invités. Monsieur Quito invitera Denis le troisième dimanche (*les hyper connectés et les résidents viendront pour le dessert cela va de soi*) Sophie Ruffaut prend la parole :

-Je ne connais pas bien le jeune homme alors pour l'inviter cela me pose problème, le professeur et Phil le peintre sont du même avis. Madame Frelon répond :

-Ne vous tracassez pas lorsque ce sera votre tour on le fera à la conciergerie êtes-vous d'accord ? Denis mangera avec Alphonse et votre concierge et vous serez tous les bienvenus pour le dessert .Phil est d'accord , les deux autres également les trois résidents lorsque ce sera leur tour, désirent apporter un paquet de café et le dessert. Monsieur le curé prend la parole

-Voilà qui me semble résolu et moi mes chers paroissiens lorsque mon tour viendra d'inviter le jeune homme vous serez tous invités au presbytère, ma bonne Adèle est une excellente cuisinière, vous vous régalerez, mais je pose une condition :je vous prierais d'assister à la messe dominicale.

Madame Winch est aux anges (*déjà*) madame Buiron pas enchantée du tout, elle est communiste, madame Feuilly est athée, mais puisqu'il y aura bombance après la messe ne faisons pas de manières. Madame Frelon est satisfaite son statut de concierge vertueuse en sera conforté, miss Ruffaut se dit qu'elle ne s'agenouillera point, car une fatigue musculaire lui serait néfaste. Les hommes non croyants se disent qu'un bon repas mérite bien quelque sacrifice. Madame Frelon termine en précisant que chaque hyper connecté et résident sera averti par e-mail lorsque son tour sera venu d'inviter le jeune coach.

Que deviennent les adorables animaux de compagnie lorsque s'absentent leurs maîtres (tresses)30

Les charmantes petites bêtes dites de compagnie : je cite le chat de madame Buiron et le perroquet de monsieur Quito sont loin de s'ennuyer lorsque leurs maîtres les délaissent pour divers motifs :courses, réunions urgentes avec madame Frelon, médecin etc . Brutus le mignon petit chat a de grandes ambitions il veut à tout prix défaire le tapis du salon et faire tomber le rideau du salon, le minet fort malin, attend que sa maîtresse quitte l'appartement. Avant la séparation douloureuse il se métamorphose en chaton charmant, il tourne autour de madame Buiron, ravie, qui lui prodigue maintes caresses et lui promet de revenir très vite.

-Pauvre petit chat ne t'inquiète pas je serai vite de retour, ce qui n'est pas dans les plans du matou qui, espère avoir le temps de mettre à exécution ses funestes projets. Il essaye, il arrive à effilocher un peu le tapis, mais sa grande réussite est la chute vertigineuse du rideau dans le salon. Alors, là, un coup de maître, bon à présent il faut jouer le petit chat souffrant qui, s'est agrippé au rideau en désespoir de cause, Brutus souffre périodiquement, aux dires du vétérinaire, de migraine chronique à l'instar des humains ; il va donc simuler ce mal de tête et tourner en rond, car il ne sait plus que faire il n'a pas son médicament ;lorsque madame Buiron rentre de ses courses, elle voit le rideau sur le tapis du salon, alors qu'elle se met en colère après ce foutu chat de gouttière, le petit malin miaule à fendre l'âme et se roule sur le tapis en guettant du coin de l'œil, la réaction de sa maîtresse, qui de suite, se rend compte de l'état alarmant du gentil minou ; le tour est joué Brutus ne sera pas grondé mais câliné. Le perroquet de monsieur Quito, (*sans doute une ascendance lointaine, aura hérité des gènes de son ancêtre Machiavel*),lorsque monsieur Quito le laisse seul, furette dans l'appartement et se pose là où habituellement il n'a pas le droit d'aller :exemple dans l'évier, sur la corbeille de fruits, sur l'ordinateur, il abîme légèrement (*pas trop*) les plantes de son maître et souvent guette à la fenêtre fermée la sortie des Dariant. S'il les aperçoit il crie :

– Darrrian RRadin povs cons… et le répète sans se lasser ensuite lui vient à l'esprit le savoir distillé par son professeur, mais bizarrement il oublie les rectifications apportées au texte initial.

– -Madame Buiron vieille taupe

-Madame Winch bénissez la seigneur

PHIL salut Michel Ange

-Mademoiselle Ruffaut : le travail c'est la santé

Il se refuse à changer quoi que ce soit aux paroles monsieur Quito est au désespoir il a beau menacer l'odieuse volatile de finir au Zoo de Mulhouse, dans la cage d'un lion pour parfaire le tableau, rien n'y fait.

Le jour où son maître recevra les hyper connectés et les résidents pour le café dessert, il devra confier le perroquet à sa fille Aline.

Denis le coach de Cyber Plus, lui, l'enfant de la DAS n'en revient toujours pas, la rue du Rivoli est sa famille à présent Son enfance douloureuse, solitaire ses différentes familles d'accueil pas toujours gentilles, tout est balayé. Madame Frelon, lors d'une dernière réunion, ce fameux vendredi soir à vingt heures, où étaient convoqués les hypers connectés et les résidents, désireux de venir en aide au jeune homme, ont finalisé leur stratégie. Tout a été soigneusement mis au point. Lors d'un déjeuner dominical, la brave concierge, informe Denis de leur souhait d'inviter chaque dimanche le coach à déjeuner, ce sera à tour de rôle et tous viendront prendre le dessert chez la personne qui l'aura invité. Denis à les larmes aux yeux ; Lisette l'embrasse et lui dit nous t'avons adopté tu fais partie de la grande famille de la rue du Rivoli. Elle lui annonce également la proposition de son amie madame Maier de lui louer un studio, dont elle est propriétaire, à moitié prix. Le jeune homme a toujours désiré avoir un foyer, il enviait jusqu'à aujourd'hui, ceux qui avaient des parents aimants, sa solitude dans sa chambre lui pesait souvent, heureusement il est sportif et la pratique de plusieurs sports ont sur lui un effet des plus bénéfiques.Il a adhéré depuis quelques années, à un fitness club, FPT (*traduction fitness pour tous*). Denis a assisté à un concert de rock donné par le groupe les Albinos (*étrange choix mais guère étonnant quant on connaît le groupe*).

Le jeune homme s'est bien amusé en rencontrant les musiciens, tous des excentriques affublés de jeans troués, de chapeaux hallucinants et portant la barbe. J'oubliai les fameuses bottes de cow- boy ornées de clous dorés, les chemises à carreaux (d*ont la mode est passée tantôt c'est-à-dire depuis une décennie*) il s'agit de curés des patelins avoisinant Mulhouse. Les dévotes de la paroisse sont venues nombreuses assister au concert donné « par de saints hommes » (*je cite textuellement*) elles écoutaient en extase la country music en martelant le sol agacé, de sauts ou de cabrioles pour accompagner la musique. (le *Seigneur leur pardonnera cette entorse faite à leur vie austère*). Denis a adoré la country music et a passé une fort belle soirée, mais il déclinera la proposition de Bernard de faire partie du groupe, (*le coach sait manier la guitare*), mais il n'a pas le temps de tout faire et il préfère s'adonner à ses sports qui lui apportent un bien être incontestable. Bien entendu lorsque monsieur le curé lui demandera un coup de main pour réparer, pour rénover son église Denis l'aidera de bon cœur.

Que deviennent monsieur Tunod ...les Dariant 32 ?

Le professeur est moins amoureux de son ex danseuse Célia surtout il n'est pas prêt à laisser sa liberté et à se mettre en couple vous allez comprendre pourquoi : la chère enfant occupe la salle de bains une heure environ, cela agace le professeur et puis elle est végétarienne. C'est ennuyeux, car monsieur Tunod adore manger de temps à autre un bon beefsteak, Célia déteste les travaux domestiques, elle se dit intellectuelle accomplie. D'accord, mais se dit le professeur intellectuelle, ou pas, je ne vais pas lui vider ses poubelles et faire la poussière pendant que madame lime ses ongles. La liaison durera un temps, il le sait déjà et un beau jour excédé il mettra fin à cette idylle. Célia souhaiterait vivre en couple à quarante-cinq ans passés, elle veut refaire sa vie et le professeur lui semblait correspondre à tous points de vue à ses souhaits les plus fous, il n'y a qu'un problème, ce dernier n'est pas fou.

Alain (*de son prénom*) veut une femme NORMALE et qui, partage ses goûts en général.

Les Dariant n'ont pas changé leurs habitudes ils impriment toujours leurs sempiternels bons de réduction via internet, ils longent les murs et font le moins de bruit possible lorsqu'ils se hasardent à sortir de chez eux, surtout ne croiser personne c'est leur obsession. Pourquoi ? Mais c'est bien connu les bactéries se propagent très vite et ils sont persuadés que les résidents de la rue du Rivoli ne nettoient guère leurs appartements, il faut faire la chasse aux microbes, désinfecter régulièrement l'appartement avec de l'eau de javel, se laver les mains dès que l'on touche un objet, aérer plusieurs fois le jour et la nuit etc...Leur pire cauchemar :donner la main à quelqu'un, ils en ont des frissons, voilà pourquoi ils ont toujours sur eux un flacon de liquide désinfectant on ne sait jamais...Le vendredi, jour sacro saint des courses, ils se munissent d'un parapluie qu'ils ouvrent en sortant de l'immeuble, car le vieux rusé les guette, ils en sont certains, l'arrosage des plantes n'a lieu que le vendredi matin à huit heures, le jour des courses des Dariant.Sans se gêner, monsieur Quito armé d'un arrosoir, Philléas vrillé à ses côtés, donne à boire à ses chères mimosas et géraniums évidemment quelques gouttes insidieuses se perdent et mouillent généreusement le parapluie des Dariant. Puis on entend le perroquet claironner : Darriant Raddin povs cons...Eugène est content, cette fin de semaine s'annonce satisfaisante, par contre, les Dariant sont furieux, mais ils savent bien que la concierge ne recevra pas leurs doléances imagine ma chère ils mangent ensemble tous les dimanches!!

Sophie continue paisiblement sa vie de chômeuse professionnelle, évidemment elle se doute bien que l'ANPE ne l'oubliera pas et que, d'ici un mois elle recevra un courrier lui enjoignant de se présenter à l'agence. Pour l'heure, cette bienheureuse, matche des profils sur AIMER.com, un site de rencontre où les prétendants sont fort nombreux et les amoureuses en herbe également (*surtout que ces dernières ne paient rien...*).Aujourd'hui est un jour sombre pour Sophie, elle vient de recevoir un mail, celui qu'elle craignait tant, l'ANPE désire la voir d'urgence. Ils ont encore dégoté des stages bidons se dit la charmante jeune femme, il me faut mettre un stratagème mis au point qui les décourage d'entrée. Le rendez-vous est pour cette semaine jeudi à neuf heures tapantes, c'est honteux, moi qui me lève à dix heures et encore pas toujours, il me faudra faire sonner le réveil, mais où est ce dernier ?Je l'ai rangé dans un placard quelconque, je n'en ai guère l'utilité.Sophie réfléchit grave, la dernière fois elle a joué la tarée, la sotte qui ne comprend rien et surtout pas le terme

horrible :TRAVAIL

Comment procéder cette fois-ci ? Si je tombe sur la même employée il me faudra encore jouer la cinglée , mais si j'ai un ou une autre interlocutrice je vais endosser le rôle de la neurasthénique, oui c'est bon, la femme que la vie a déçue, qui broie du noir et se pose des questions genre :à quoi sert-il de vivre ? Pourquoi suis- je venue au monde. ?

Embarrasser l'employée par mes divagations dépressives, la désorienter pour qu'à la fin, excédée elle me renouvelle le RSA et me renvoie à mes pénates.Il me faut un maquillage en harmonie avec cet état d'esprit pessimiste, je songe à un fond de teint blanc et à un rouge à lèvres gris, pour les yeux un fard à paupières beige, blanc cassé. Les cheveux, je ne les laverai plus jusqu'à jeudi, il faut qu'ils soient un peu gras, pas trop non plus ; pour ce qui est des vêtements une robe longue, (*nous sommes au mois de Mai*) bras nus, la couleur de ladite robe voyons… du rouge certainement pas, du vert non plus, encore moins du rose par contre un mauve pâle ferait l'affaire.Tout est au point, sauf que, il lui faut peaufiner ses réponses concernant sa neurasthénie maladive, donc un interlocuteur s'imposerait, je ne vois personne qui puisse être complice de ce projet grandiose …si ! Je vais me poster devant le grand miroir du salon et m'exercer, lui au moins, sera un confident fiable et…. Muet .

Dday pour Sophie qui dévale les escaliers de la rue du Rivoli à l'allure que vous lui connaissez,c'est-à-dire au ralenti, surtout aujourd'hui. Sa mise est renversante en croisant madame Frelon dans les escaliers, cette dernière a failli se trouver mal en voyant sa locataire.Que vous arrive-t-il Sophie ? Vous êtes si pâle, vous paraissez malade !

-Oh non madame Frelon je me porte à merveille, sauf, que j'ai rendez-vous à l'ANPE.

-Lisette oui bien sûr tout s'explique… bonne chance

-Merci madame Frelon bonne journée

-Lisette voyons

A l'ANPE Sophie attend son tour dans une salle d'attente bondée, les guichets sont pris d'assaut, impossible de demander un renseignement, elle n'en a pas besoin, tout ce dont elle a besoin, c'est d'un peu de chance et de tomber sur une employée pas trop âpre au travail.Son numéro s'affiche sur un cadran rouge lumineux,vite, oh non ! Doucement à petits pas , déterminée à endosser le rôle de la dépressive notre chômeuse quasi professionnelle se dirige vers le bureau noté sur son ticket.Une employée, la quarantaine environ, la reçoit aimablement, cela s'annonce plutôt bien, mais la charmante personne cache son jeu et sa personnalité perverse, se dévoile au fil des questions qu'elle pose à cette malheureuse Sophie.

-L'employée avez-vous fait récemment une recherche d'emploi comme nous vous l'avions vivement conseillé ? Sophie prend son temps elle se met à bafouiller une réponse incompréhensible, début d'un dialogue de sourd,

-l'employée Je ne comprend absolument rien de ce que vous marmonnez, cette recherche d'emploi l'avez-vous faite ? Notre chômeuse joue son va tout elle se met à trembler et dit

-Oui -j'ai essayé mais aucun employeur ne veut de moi

Elle se met à pleurer ce qui a le don d'énerver passablement son interlocutrice

-L'employée mais pour quelle raison ?

-*(j'y viens se dit Sophie)* -Je suis neurasthénique, je broie du noir sans cesse et me pose des questions genre pourquoi vivre ? A quoi sert-il de lutter, il s'agit d'une hérédité familiale, ma mère, mes grands-mères souffraient de cette maladie. Sur ce, elle pleure, tremble et se penche en avant et en arrière, l'employée va perdre patience, la jeune femme le pressent

-L'employée- cessez de pleurer, je ne suis pas si méchante, je vois que vous avez besoin de soins thérapeutiques, je vais vous envoyer voir un psychiatre, il est remboursé rassurez-vous, nous nous reverrons d'ici quelques mois, afin de faire le point et surtout de constater une amélioration que je souhaite pour vous et pour votre futur employeur. Sophie continue de trembler elle pleure moins, mais elle doit rester sur ses positions, être convaincante, jusqu'au bout de l'entretien .

-Je vous remercie bafouille notre chômeuse, vous savez je ne demande qu'à guérir ? je souffre et...

-L'employée au revoir, revenez en meilleure forme, allez voir votre médecin traitant il vous fera une ordonnance pour le psychiatre.

Le quatrième dimanche, madame Winch ayant une peur bleue des hommes, sauf des curés, les hypers connectés et les résidents désireux de venir en aide à Denis, sont tout bonnement conviés à déjeuner par la pieuse femme. A partir de là on s'invite à déjeuner en partageant les frais du repas. Pour miss Ruffaut, monsieur Tunod et Phil le peintre, madame Frelon fera le repas à la conciergerie, monsieur le curé se joint évidemment aux agapes, il raffole de cette rue du Rivoli si excentrique, dont le cœur est généreux et la table abondamment garnie. Ce dimanche, la concierge prend des airs de conspiratrice on dirait Mata Hari :

-J'ai une bonne nouvelle à vous annoncer :les Lelong déménagent ils iront habiter avec leur fille en Vendée, bon, les Lelong personne ne les regrettera on ne les voyait guère, ils ne s'étaient jamais liés avec personne donc…savez-vous qui sera notre prochaine locataire ?

-Tous ben non dites -nous Lisette

-Une jeune cartomancienne de Mulhouse elle se prénomme Rose, la quarantaine passée et travaille à mi temps pour une maison de couture à Sausheim dont le nom m'échappe, cette jeune personne s'installe à son compte pour la première fois et pour nous c'est très bien, la dame est célibataire et charmante. Monsieur Quito demande :

-C'est pour quand son installation rue du Rivoli ?

La concierge :

-A l'automne, en septembre prochain. Madame Winch est atterrée

-Une cartomancienne! Mais la bible condamne la sorcellerie oh mon Dieu ! Qu'en pensez-vous Bernard? Monsieur le curé fait un sort à une tarte aux amandes délicieuse et très calorique.

-Bernard :

-Ne vous affolez pas ma chère, voyons d'abord si cette personne a de la religion et pratique la charité envers son prochain, dans la bible il est spécifié qu'il ne faut jamais porter un jugement sur autrui, (*la poutre qui est dans œil...*) Madame Winch se calme, elle n'ose pas se signer de crainte de se ridiculiser devant les autres.

Madame Feuilly

-Une cartomancienne! Mais c'est intéressant, j'irai la consulter sans faillir. Les autres résidents Phil, Sophie, Alain Tunod, ne voient pas d'inconvénient à ce qu'une diseuse de bonnes aventures vienne habiter leur résidence, au contraire cela pimentera le quotidien des résidents, comme s'ils avaient besoin de piment dans leurs vies!!

Madame Feuilly Éveline, (*il est temps que je vous donne son prénom*) a grossi, elle le sait même, si son miroir *LUI MENT* et lui fait miroiter une taille fine, une silhouette presque de rêve. Sauf, que, les robes de l'année passée n'ont pas rétréci à ce point, les corsages non plus ,il faut se rendre à l'évidence sa taille s'est épaissie, les hanches débordent de leurs univers et les corsages trop justes font, exaspérés, sauter les boutons. Éveline réfléchit grave, elle consulte internet son ami virtuel et déniche un site non avare en conseils de santé, notamment pour éliminer les kilos en trop « faites du sport ,buvez un litre d'eau par jour. L'idée de pratiquer un sport n'a jamais effleuré madame Feuilly, très attachée à ses habitudes de vie tranquille, de siestes quotidiennes. Bon, n'allons pas la comparer à miss Ruffaut, non impossible et inimitable Sophie, qui à elle seule, incarne la paresse dans toute sa splendeur. De son côté, madame Frelon constate avec aigreur que les robes à fleurs (*magnifiques*), ne lui vont plus, ou alors la boudinent dangereusement. Lisette réfléchit grave et consulte, non pas un docteur, mais internet son confident habituel, elle tombe sur un site de santé qui parle d'éliminer la graisse accumulée cet hiver, en pratiquant un sport et en faisant un minimum attention à la nourriture.Sa décision est prise elle fera du sport, pour ce qui est de l'alimentation, on verra plus tard, on ne peut pas tout faire en même temps n'est-il pas vrai? Boire un litre d'eau par jour lui semble réalisable.

Quel sport choisir ? Rien ne tente notre bonne concierge, faire des marches populaires, non je n'ai pas le temps, ma présence est indispensable à la conciergerie !!

Soudain!! Lisette vient de trouver le sport idéal :la natation :il se trouve que les piscines de l'agglomération Mulhousienne ne sont pas sur une planète lointaine, leur accès est des plus faciles, située non loin de la rue du Rivoli la piscine principale a tout pour plaire à ses habitués. On sera bientôt une habituée se dit la concierge, mais voyons… je n'irai pas seule je vais en parler à madame Feuilly, il me semble qu'elle ait pris du poids ces derniers temps, je vais lui proposer de m'accompagner à la piscine et pourquoi ne pas envoyer un e- mail aux hypers connectés ?

Les hypers connectés consultent leurs e- mails plusieurs fois par jour sait-on jamais !

Madame Buiron(*Alice*) lit un documentaire passionnant : la vie des zèbres en Nouvelle Zélande, lorsqu'une petite fenêtre(*virtuelle*) s'ouvre et lui annonce en grande pompe qu'elle à reçu un e-mail de madame Frelon. La curiosité ayant du bon, Alice ouvre avec plaisir son courrier :

-Une réunion demain après-midi à la conciergerie c'est une surprise précise l'expéditrice.

-OK je viens

Madame Winch Marguerite est passée maître dans l'art de lire les hagiographies les vies des saints et des saintes, qu'elle connaît par cœur, elle saurait écrire une biographie sur ste Thérèse de Lisieux, sur Bernadette de Soubirou, sur ste Agnès la petite martyre du temps des romains, sur st François d'Assise, j'arrête la liste n'est pas exhaustive.Donc Marguerite plongée dans une lecture palpitante, reçoit un e mail ; elle se précipite sur son courrier virtuel, car à l'instar des hypers connectés elle n'échappe pas au virus d'internet. Une réunion informelle demain après-midi quinze heures, oui j'irai, ce sera un plaisir de revoir mes chers internautes, le sujet de la réunion est tenu secret.

Votre concierge hyper connectée Lisette Frelon

-D'accord je viendrai.

Monsieur Quito, Philléas, (*le mignon petit perroquet*) à ses Côtés, feuillette un documentaire virtuel, parlant des Collapsologues; cela ne vous dit rien ? Mais si, je vais vous en donner l'explication :Ces charmantes personnes prônent Un scénario catastrophe. *Changement climatique épuisement des ressources naturelles, chute la biodiversité, pollution... Notre civilisation industrielle climatique, épuisement des ressources naturelles, chute de la biodiversité, pollution... Notre civilisation industrielle serait condamnée à très court terme. Extrait du document de «Complément d'enquête», « Fin du monde : et si c'était Sérieux ? » Diffusé jeudi 20 juin sur France 2*

Eugène a trouvé une deuxième passion (*de quoi oublier momentanément ses chers voisins les Dariant*), après la philatélie, la collapsologie, donc de quoi occuper le cher Homme. Plongé dans son documentaire, notre hyper connecté ne fait pas de suite attention au petit clic, lui annonçant l'arrivée d'un e- mail, une inattention impardonnable aux yeux des internautes de la résidence. Tout de même il vient de se rendre compte que sa boîte mail a vibré, fébrilement il lit son courrier :

-Demain j'organise une réunion informelle à la conciergerie en serez-vous ? Le motif est tenu secret.
Votre concierge hyper connectée
Lisette Frelon

-OK je viendrai

Bernard le bon curé de ste Marie reçoit lui aussi cette
Missive mystérieuse, que mijote madame Frelon ?
-OK je serai présent.
Cette rue du Rivoli est des plus intéressantes et Bernard est
fort content entre les messes, le catéchisme, les vieilles
dévotes, la souffrance spirituelle à soulager, sa vie n'est pas
vraiment glamour, alors un peu de diversion ne nuira pas au
saint homme.

D DAY pour les hypers connectés de la planète ils sont venus au rendez-vous fixé par leur concierge, monsieur le curé est à l'heure, car il a appris à ses dépens que les gâteaux disparaissaient très vite. Ce gourmand (*est-ce un péché Seigneur, NON les Saintes Écritures ne parlent pas de gourmandise ou si peu...ma mémoire n'est plus ce qu'elle était se dit le bon père*).

Lisette propose des gâteaux, du café, du thé, le rituel est bien établi, une heure de libations et de discussions futiles avant d'aborder le sujet tant attendu.

-Madame Frelon je vous remercie d'être là et j'ai une proposition à vous soumettre :seriez-vous d'accord pour que nous allions de temps à autre à la piscine municipale de Mulhouse ?

J'ai lu sur le web que le sport était bénéfique pour la santé qu'en pensez-vous ?

Les hypers connectés sont perplexes ils ne s'attendaient pas à une telle proposition, mais l'idée faisant son chemin...

Monsieur Quito réagit le premier :

-Voilà cinquante ans que je n'ai plus mis les pieds dans une piscine je pense que je saurai encore nager, on n'oublie pas si facilement les gestes appris dans sa jeunesse, moi je suis d'accord.

-Monsieur le curé moi aussi un peu d'exercice ne nuirait pas à ma corpulence, il m'arrive d'aller nager de temps à autre avec le groupe les Albinos, (*les musiciens*) nous nous baignons à un lac et c'est très agréable.

-Madame Winch est effrayée je n'ai jamais été à la piscine de toute ma vie, Bernard l'interrompt Marguerite, voyons, ce serait l'occasion rêvée d'apprendre à nager avec un moniteur, moi je vous conseille de prendre de l'exercice ce sera salutaire pour votre santé.

-Marguerite si vous le dites Bernard, oui je suis d'accord moi aussi

-Madame Buiron

Moi aussi la natation m'a toujours attirée, mais seule, je n'ai guère envie d'aller à la piscine.

-Madame Feuilly Éveline moi de même et voilà l'occasion d'acquérir des maillots de bain neufs.

-Madame Frelon demande si quelqu'un connaît un magasin où l'on puisse acheter de bons maillots de bain

-J'aimerais de la qualité et pas du made en Chine ? Mais du made en France .

-Madame Feuilly sait

-je vais tous vous emmener dans un magasin spécialisé dans les loisirs aquatiques et croyez-moi

tout est fabriqué en France ;ce magasin vend des maillots de bains de la plus petite taille jusqu'au XXL mais nous en sommes loin n'est-ce pas chers amis ?

Tous renchérissent, certainement nous ne sommes pas obèses, rétorque Lisette en souhaitant que sa taille, le 52 soit disponible. Éveline se fait la même réflexion elle ira prospecter et si jamais les grandes tailles ne sont pas à la vente, elle trouvera une excuse quelconque et orientera les hyper connectés vers une boutique 46 et plus.

Madame Winch demande conseil

-Dois-je acheter un deux pièce ou un maillot de bain une pièce ?

Les internautes se regardent ébahis évidemment une pièce

Prude comme elle est comment imaginer autre chose !!

Madame Buiron s'empresse de la rassurer

-Je serai à vos côtés et vous conseillerai dans le bon sens

-Marguerite

-Oh merci Alice.

-Lisette demande

-Avez-vous une préférence, un jour qui vous conviendrait bien pour aller nager ?

-Eugène Quito le mercredi après-midi je crois que la piscine est ouverte à partir de quatorze heures

-La concierge demande qui est pour qui est contre ?

Tous optent pour le mercredi à quatorze heures, c'est parfait

-Éveline Feuilly et pour acheter les maillots quel jour vous conviendrait ?

-Alice Buiron propose la semaine prochaine lundi matin

Il n'y aura pas beaucoup de monde nous serons tranquilles pour effectuer les essayages et les achats.

Tous sont d'accord.

Le lundi matin nos futurs nageurs sont fin prêts on a son chéquier, on a sa carte bancaire, ou de l'espèce et top départ.

La rue du Sauvage n'est pas éloignée de la rue du Rivoli, au bout d'un quart de marche les résidents se trouvent devant le magasin de sport aquatique dont Éveline Feuilly avait parlé mais la porte est close cause : le magasin ouvre de 10h à 19 heures.

-Eugène Quito propose d'aller boire un café ou un thé, la pâtisserie au Péché Gourmet nous attend.

Tous sont d'accord, durant une bonne heure les internautes discutent, plaisantent, fort contents de tout ce qu'ils entreprennent, car il y a peu de résidence où les liens d'amitié sont aussi forts (*d'accord avec eux*).

Eugène paye les consommations, personne ne proteste, on le remercie chaleureusement .

Le magasin est un peu cher pour certaines bourses, mais Éveline parle d'une qualité incomparable, la vendeuse surenchérit, tout sourire dehors.

Mesdames Frelon et Feuilly se dirigent vers les grandes tailles en faisant mine d'admirer des maillots, puis un clin d'œil et nos deux malines disparaissent dans deux cabines d'essayages ouf la taille 52 est disponible, après leur essayage, les deux dames s'acquittent discrètement de leurs achats.

-Lisette Frelon on a du 46 en taille vous êtes bien d'accord avec moi Éveline

-Évidemment cela se voit de toute façon .

Au rayon de grandes tailles on ne rigole pas les couleurs des maillots de bains sont bleues ou noires allez pour le bleu.

Monsieur Quito choisit deux maillots de bain, un orné de petits bateaux, l'autre de minions . Eugène aime étonner et choquer voilà c'est chose faite, surtout que sa taille du 40
Se prête fort bien à ce genre d'exhibition.
Alice Buiron et Marguerite Winch achètent des maillots de bains classiques la couleur :bleue. Les achats sont loin d'être terminés il faut des bonnets de bain, même s'ils ne sont plus obligatoires à la piscine, des peignoirs de bains et des chaussures en plastic spécialement conçus pour la piscine.
Lisette Frelon et Éveline Feuilly ne se privent pas,elles acquièrent tous les accessoires, Eugène Quito dédaigne le peignoir, il en a un chez lui qui ne lui sert guère,il prendra ce dernier pour aller à la piscine. Alice Buiron et Marguerite Winch font de même. La vendeuse ravie, leur octroie une remise de cinq pour cent chacun, on se sépare en toute convivialité.
-N'hésitez à revenir me voir si vous aviez besoin d'un conseil
-Nous reviendrons affirment les résidents avec plaisir.
Lestés de quelques euros, mais fiers de leurs achats, les hyper connectés décident de se rendre à la piscine municipale histoire de tâter le terrain.
La piscine se situe en face de la mairie de Mulhouse, en pénétrant dans le bâtiment ancien et classé, nos baigneurs en devenir vont simplement accaparer la caissière durant une demi-heure, ils lui posent moultes questions genre :
-L'eau est à combien de degrés ?

-Les maîtres nageurs sont-ils compétents ?

-L'eau de la piscine contient-elle de l'eau de javel ?

-Les cabines sont-t-elles sûres? Car vous comprenez bien que nos affaires nous aimerions les retrouver en sortant ;

-Le prix est-il négociable ? Nous sommes tous des retraités avec de minuscules pensions.

-Avez-vous une assurance noyade ?

La caissière est gentille, mais une file s'est formée et les clients ne sont pas contents, alors la jeune femme appelle un responsable et nos joyeux lurons sont reçus avec tous les honneurs dans le bureau d'une directrice.

On repose les questions citées ci-dessus, la directrice n'ayant rien à faire et attendant l'heure du déjeuner leur répond aimablement, mais à midi elle leur fait comprendre que l'entretien est clôt; les hypers connectés la remercient et quittent les lieux fort satisfaits.

Et si on pratiquait un sport 38
La piscine

Nos futurs champions de natation, sur les conseils de la caissière, car comme vous les connaissez, en sortant de chez la directrice, ils se sont précipités au guichet de l'employée, ont acheté dix entrées de piscine .Le tarif senior est appliqué tout le monde est fort content, mais la piscine municipale ferme ses portes dans une quinzaine, les piscines de Bourtzwiller et le stade nautique, par contre sont ouvertes en continu ou presque.

Un peu contrariés, mais loin d'être abattus, les résidents de la rue du Rivoli vont en discuter à la conciergerie.

Madame Frelon objecte

-Il faudra prendre le tram voire deux pour se rendre à ces piscines

-Éveline Feuilly admirable de pragmatisme propose

-Nous pourrions aller pour quinze jours à la piscine de P Curie(le nom de cette dernière), ensuite, j'ai une idée pourquoi ne pas se rendre un jour fixé par semaine au parc jouxtant le théâtre Mulhousien ? En calculant bien nous aurions une vingtaine de minutes de marche à l'aller et autant au retour.

-On vote dit Eugène Quito

-Qui est pour ? Levez la main les autres n'en faites rien , tous trouvent l'idée excellente et lèvent la main.

-Surtout qu'il y a des bancs, nous pourrions nous asseoir, discuter et juste en face il y a une pâtisserie dont la renommée n'est plus à faire, je ne vous développe pas le sort que nous lui réservons!

-Super! Il faut en parler à Bernard (*le curé*) et demander à Sophie Ruffaut si elle désire venir avec nous dit Alice Buiron , bien entendu elle ne marche guère vite, alors nous ralentirions pour être à son niveau et on lui demandera de mettre le turbo.

-Lisette est ravie et demande benoîtement si les hypers connectés seraient d'accord pour maintenir le mercredi après-midi, car il s'agit de sa journée de congé, Alphonse tiendra la loge durant son absence.

-Tous bien sûr Lisette vous nous êtes indispensable, la rue du Rivoli sans vous, la piscine ou toute autre activité sans votre présence, serait fade. Madame la concierge est émue et remercie ses résidents.

Nous sommes début juin et surtout mercredi DDay pour le hypers connectés dont ce sera le premier jour de piscine.

A quatorze heures précises rendez-vous devant la résidence madame Frelon a été très explicite dans le mail envoyé à chacun des résidents concernés. Effectivement tous sont là équipés tels des des nageurs professionnels :la casquette, le tee shirt assorti au short ou au bermuda, les lunettes de soleil les sandalettes d'été, le tout d'allure sportive.

Leur arrivée à la piscine est fort remarquée, ils questionnent abondamment la caissière sur les cabines, sur les douches, puis ils s'engouffrent chacun dans une cabine pour en ressortir cinq minutes plus tard métamorphosés, les nageurs tombent pratiquement en apnée, le spectacle est hallucinant. Les dames en maillots de couleurs noires ou bleues monsieur Quito et monsieur le curé en slips de bains celui d'Eugène fait la publicité aux minions, Bernard arbore placide, un slip de bains aux couleurs de la France. La suite, De leur habillement nautique consiste en des bonnets de bains dont les couleurs flamboyantes feraient pâlir de jalousie notre arc en ciel tant réputé ;ce n'est pas tout, Eugène Quito s'est acheté un tuba dont il compte bien se servir, pour terminer sur une note gaie tous portent les mêmes sabots de bain en plastic couleur fluo.On se douche et puis on se précipite à l'eau, Marguerite Winch est prise en main par un maître nageur, il y a trois lignes d'eau dont une réservée exclusivement aux apprentis nageurs .

Les hypers connectés sont heureux, ils nagent l'un derrière l'autre, font un aller un retour et sans crier gare stoppe en plein milieu du bassin pour discuter, les autres nageurs n'osent rien dire ils contournent l'obstacle et comme ces énergumènes les amusent, ils leur pardonnent volontiers de confondre piscine et salon de thé. L'après-midi défilera sans mot dire, nos nageurs se sont fait des copains, la piscine peut être assimilée à une kermesse, le maître nageur ne fait pas de remarques, on est à deux semaines des congés,le jeune homme est déjà aux Caraïbes.

Et si on pratiquait un sport 39
le parc

Nous sommes mi-juin un après-midi ensoleillé, il est quatorze heures, les hypers connectés de la résidence rue du Rivoli se sont donné rendez-vous devant la conciergerie.
Il faut les voir de vrais estivants. Madame Frelon ouvre la porte donne les dernières consignes à son époux Alphonse et salue ses résidents. Affable, un peu bidonnée dans un bermuda .. à fleurs vous avez deviné ? Corsage assorti, chapeau de paille.Madame Feuilly short rose, idem le corsage, arbore une casquette bleue des plus sexy !mesdames Buiron, Winch ont opté pour le bermuda blanc ,tee shirt blanc , chapeaux de paille très ordinaires.
Eugène Quito s'est permis un short vert et un chapeau tyrolien .On attend Sophie Ruffaut qui, comme chacun le sait, n'est jamais stressée, ah une porte s'ouvre, des pas dans l'escalier, tous ont les yeux rivés sur l'escalier, au bout de dix minutes enfin, apparaît la diva :extravagante dans un short rose très moulant et un tee shirt multicolore. Bernard, (*monsieur le curé*) n'est pas disponible ce mercredi, mais la semaine suivante il sera présent. Lisette Frelon lit le mail du brave curé à la petite troupe qui boit ses paroles, un e-mail c'est sacré !
Madame Maier nous ne lui demanderons pas de nous accompagner, la pauvre amie souffre d'arthrose.
-On y va propose Lisette !
-On y va répond le chœur

Marcher jusqu'au parc en principe vingt minutes suffiraient amplement, mais c'est sans compter le dynamisme de Sophie, elle a accéléré le pas, les autres ont ralenti le leur mais c'est toujours insuffisant ; nos marcheurs se regardent consternés, à ce train on y arrivera jamais !

Au bout d'une demi-heure le parc se profile à l'horizon Sophie exténuée, se laisse choir sur un banc qui,paraissait l'attendre, les autres prennent place à ses côtés, mesdames Buiron et Winch, ainsi que monsieur Quito s'asseyent sur un banc voisin. La discussion est de suite entamée, il y a différents sujets à aborder :internet, la piscine et à présent le parc, les hypers connectés sont fiers de leurs exploits aussi bien informatiques que nautiques.

-Alice Buiron nous sommes des personnes très actives et nous nous intéressons à tout ; la peinture (*rappelez-vous l'exposition du peintre Phil*) au web, nous pratiquons un sport, voire plusieurs, puisque nous marchons également.

Tous hochent la tête satisfaits des prouesses accomplies persuadés d'appartenir à une élite supérieure !

-Sophie, Sophie réveillez-vous ! Dit Éveline Feuilly, la charmante enfant s'était assoupie cette marche la mène aux abords d'un burn out.

Sophie émerge de son somme, bien mérité, il faut le reconnaître, elle les prie de l'excuser, les hypers connectés ne songent pas à la critiquer, Sophie fait partie du cercle des initiés, en plus son ordinateur est son outil de travail.

-Eugène et si nous allions rendre visite à cette charmante pâtisserie qui, attend notre visite avec impatience ?

Madame Winch adopte Ange 40

Alice Buiron se passionne depuis toujours pour la cause animale, elle signe toutes les pétitions qu'elle trouve sur le web, pour s'insurger contre la maltraitance des animaux.

Elle veut emmener sa voisine et amie à présent, Marguerite Winch visiter la SPA et elle pense pouvoir la convaincre d'adopter un chat. Nous sommes au mois de juin, un jeudi.

Le soleil surchauffe la planète avide de fraîcheur , donc les deux dames sont prévoyantes : bermudas, chapeaux de paille, espadrilles, surtout ne pas oublier la petite bouteille d'eau. On prend le tram tout en discutant de la cherté de la vie, tout augmente, les fruits et légumes de saison affichent des prix irraisonnables !

La SPA est en vue, les deux amies se dirigent vers l'établissement afin de voir les pauvres bêtes abandonnées par des maîtres peu dignes de son nom .Lorsque l'on oublie son animal de compagnie dans une forêt, ou quand on renvoie un chat, qui faisait le bonheur des enfants de la famille, à la rue, on ne mérite pas le terme d'être humain n'oublions pas nous faisons partie du règne animal!!

La visite est douloureuse, Marguerite est sensible et Alice

Au bord des larmes, bien sûr les animaux sont bien traités à la SPA mais les savoir abandonnées et sans l'affection que procure un foyer, est insupportable aux deux amies.

Après les chiens on visite les chats et là Marguerite voit un chaton blanc qui la fixe de ses grands yeux verts, elle craque et décide derechef de l'adopter.

-Alice peux-tu me conseiller pour l'adoption que faut-il que je fasse.

-Je m'occupe des papiers laisse-moi faire, j'ai l'habitude Brutus n'est pas mon premier chat adopté, les deux autres sont morts de vieillesse, il m'est difficile d'en parler.

-Marguerite je comprends, merci pour ton aide sans toi je ne saurais pas comment procéder.

En rentrent chez elles les deux dames sont trois, le petit chat blanc est dans les bras de Marguerite et ronronne

-Alice il te faut lui donner un nom que choisis-tu ?

-Marguerite je vais l'appeler Ange.

Ou Brutus devient le protecteur de son nouvel ami
Ange 41

Brutus voit arriver dans son univers où, il règne en maître absolu, un chaton blanc qui le regarde de ses grands yeux verts. Brutus est touché par ce minuscule animal, adopté par la gentille voisine Marguerite, il devient d'office protecteur et professeur d'Ange. Le petit chat suit son mentor à peu près partout, lorsque les deux dames prennent le café ensemble ce qui se produit presque tous les jours. Elles s'émerveillent de l'entente des deux chats et se rendent comptent que Brutus prend son rôle à cœur. Ce qui est incroyable, le chat de Gargamel se métamorphose en grand frère protecteur, il explique à Ange comment s'attirer les bonnes grâces de sa maîtresse en ronronnant et en se couchant à ses pieds ;il lui dit qu'il faut manger proprement vider son écuelle, il lui montre les endroits (*lorsqu'ils sont chez Marguerite Winch*) où il peut faire la sieste. Ange est loin d'être aussi naïf qu'il le prétend, il a déjà compris qu'en vouant à Brutus une admiration sans bornes, il se le mettait dans sa poche, idem pour Marguerite, il la regarde de ses yeux attendrissants, jusqu'à ce qu'elle craque et le prenne sur les genoux. A part ces petites mises en scène, le chaton est vraiment sage et obéissant. N'allez surtout pas croire en la rédemption de Brutus non !Son esprit machiavel est assoupi.

La brave bête reprendra ses activités illicites dès qu'il sera seul, lorsque Alice Buiron fera des courses ou aura une des fameuses réunion avec les hypers connectées et les résidents de la rue du Rivoli. Il a pour projet très sérieux de faire choir la pendule début dix-neuvième accrochée au dessus du canapé, cette pendule l'agace, elle sonne toutes les heures on dirait un glas, c'est sinistre, il faut détruire cet objet pernicieux, à même de troubler le repos d'un résident :donc de Brutus. Deuxième but à atteindre vaille que vaille, griffer abondamment le tissu prune qui recouvre le canapé du salon, cette couleur lui déplaît foncièrement, sa maîtresse optera avec un peu de chance pour un tissu plus joyeux, de toute façon cette couleur vieillotte ne se fait plus, le chat de la maison s'est renseigné auprès des chats de gouttière, ses copains .Je vous parlerai des chats de gouttières dans mon second livre :

Miss Rose cartomancienne à Mulhouse.

Denis désire remercier les habitants de la rue du Rivoli il décide, en accord avec madame Maier d'organiser un barbecue pour le quatorze Juillet. Le coach a un copain qui lui prêtera une cabane sise près d'un étang dont son pote est propriétaire. La cabane est sommairement équipée d'un frigidaire, d'un four électrique et de l'eau courante, ce sera suffisant en ce qui concerne la logistique.Il en parle à madame Frelon en lui demandant de mailler les hypers connectés et les résidents de la rue du Rivoli, mais lorsqu'il dit vouloir assumer les frais du barbecue la brave concierge se récrie :

-Il n'en est pas question mon garçon nous nous occuperons de tout, par contre si tu veux faire griller les saucisses et les viandes avec l'aide d'Alphonse je veux bien. Je vais de suite mailler mes hypers connectés, le professeur Alain Tunod, Phil le peintre et Sophie Ruffaut. Les résidents concernés par l'invitation y répondent tous favorablement quelle aubaine un barbecue le quatorze juillet !Le curé de sainte Marie est prié d'invité les Albinos le groupe de rock composé des curés des patelins avoisinants.Tous se réjouissent l'entente est cordiale entre les habitants de la rue du Rivoli. Notre bonne concierge armée d'un seau, d'une serpillière, d'un balai et de tous les produits détergents, dont l'efficacité n'est plus à prouver, accompagne Denis à l'étang.

Cet étang se trouve dans un village dont j'ai oublié le nom , peu importe. il faut impérativement nettoyer la cabane à fond, la table, les chaises, apporter les couverts, les assiettes en plastic, prévoir une poubelle, des nappes en papier; s'assurer que l'eau courante fonctionne, les toilettes sèches aussi. Chaque résident apportera quelque chose, Lisette a établi une liste des denrées absolument nécessaires, chacun ou chacune choisit dans la liste maillée ce qu'il souhaite apporter, il coche, met son nom afin que madame Frelon vérifie qu'il n'y ait pas de doublon. La rue du Rivoli arrive fringante à l'étang, pour la circonstance Phil a emprunté la fameuse camionnette qui a servi pour son déménagement.

Madame Frelon est débordée les victuailles sont si abondantes qu'elle a du mal à les coincer dans le minuscule frigidaire.Les gâteaux méritent le prix d'excellence, tartes, biscuits,cakes et la tarte tatin de Sophie.

Le barbecue est une merveille Denis et Alphonse empile saucisses, viandes grillées sur les assiettes, Lisette secondée par Éveline, Alice et Marguerite ajoutent différentes salades,
les boissons c'est notre bon curé qui s'en occupe, les Albinos ne chôment pas non plus.
Sophie propose son aide, on lui permet d'apporter les paniers remplis de pain, puis d'apporter quelques desserts sur la grande table dressée où les convives sont installés.
J'ai oublié de vous décrire les différentes tenues des résidents
je répare de suite cet oubli.

Madame Frelon robe à fleurs des pâquerettes du plus bel effet

Éveline Feuilly robe à pois couleur bleue un peu moulante, coiffure en progrès, on va être gentille année mille neuf cent soixante dix.

Mesdames Winch et Buiron égales à elles-mêmes jupes noires, corsages blancs. Alain Tunod est venu seul il arbore un short jaune et un polo rouge un peu criard, mais le professeur n'a guère l'habitude de s'habiller décontracté.

Phil le peintre tenue décontractée: jeans troué, espadrilles et polo vert. Monsieur Quito a mis un short Walt Disney et un tee short où s'inscrit le mot:Survivaliste.

Les Albinos ont apporté leurs accordéons pour une fois on oublie le rock et on jouera des airs populaires.

L'après-midi se passe à chanter, à danser, Eugène Quito valse avec Éveline, Lisette avec Alphonse même Sophie se désarticule au ralenti. Éveline Feuilly lance des regards enflammés au peintre qui,comme d'habitude feint de ne rien remarquer. Alphonse, Phil, Bernard, Denis s'amusent comme des fous ils se racontent des blagues qui, le vin aidant, les font rire a gorges déployées. Mesdames Buiron et Winch discutent entre elles. Le soir tombe brusquement, mais personne n'a envie de rentrer alors on continue la fête et puis demain, Lisette aidée de son époux, des hypers connectés nettoiera la cabane, les victuailles en trop seront distribuées à parts égales.

Un quatorze Juillet réussi, Denis est heureux la rue du Rivoli est sa famille désormais.

Ainsi s'achève cette nouvelle vous retrouverez la rue du Rivoli dans ma deuxième nouvelle
Miss Rose cartomancienne à Mulhouse

TABLE DES MATIERES